S文库

朝雾

北村薰日常推理代表作

[日] 北村薰 / 著
刘子倩 / 译

贵州出版集团
贵州人民出版社

ASAGIRI
by Kaoru Kitamura
Copyright © 1998 Kaoru Kitamura
All rights reserved.
Originally published in Japan by TOKYO SOGENSHA CO., LTD., Tokyo.
Chinese (in simplified character only) translation rights arranged with
TOKYO SOGENSHA CO., LTD., Japan
through THE SAKAI AGENCY and BARDON CHINESE CREATIVE AGENCY LIMITED.
Simplified Chinese translation copyright © 2025 by Light Reading Culture Media (Beijing) Co., Ltd.

著作权合同登记号 图字：22-2025-002 号

图书在版编目（CIP）数据

朝雾：北村薰日常推理代表作 /（日）北村薰著；
刘子倩译. -- 贵阳：贵州人民出版社，2025.4.
(S 文库). -- ISBN 978-7-221-18973-8
Ⅰ.Ⅰ313.45
中国国家版本馆 CIP 数据核字第 2025RB0717 号

ZHAOWU（BEICUNXUN RICHANGTUILI DAIBIAOZUO）
朝雾（北村薰日常推理代表作）
[日] 北村薰 / 著
刘子倩 / 译

选题策划	轻读文库	出 版 人	朱文迅
责任编辑	左依祎	特约编辑	杨子兮 费雅玲

出　　版	贵州出版集团　贵州人民出版社
地　　址	贵州省贵阳市观山湖区会展东路 SOHO 办公区 A 座
发　　行	轻读文化传媒（北京）有限公司
印　　刷	河北鹏润印刷有限公司
版　　次	2025 年 4 月第 1 版
印　　次	2025 年 4 月第 1 次印刷
开　　本	730 毫米 ×940 毫米　1/32
印　　张	7.25
字　　数	133.5 千字
书　　号	ISBN 978-7-221-18973-8
定　　价	30.00 元

本书若有质量问题，请与本公司图书销售中心联系调换
电话：18610001468
未经许可，不得以任何方式复制或抄袭本书部分或全部内容
© 版权所有，侵权必究

朝霧

目 录

山眠
1

奔来之物
77

朝雾
141

导 读
219

山 眠

1

按照预定计划,我用打工赚的钱买了新的文字处理机[1]。

综合报告、笔记及脑中的想法,为我的《论芥川龙之介》按下了第一个键,这是在夏天。

看电视广告,现在似乎连小学生都在用文字处理机写情书了。也许有人会反驳我,都什么时代了,说这些有什么用,不过文字处理机的确很方便。

即便是事后临时起意要添加、替换或修改文章,它也不会把原稿弄得脏兮兮的,简直帮了我大忙。毕竟学生写完毕业论文要交给老师阅读,多亏了文字处理机,双方都轻松多了。

根据学长春樱亭圆紫先生的怀古谈(大师听到八成会莞尔一笑,"哎呀,我彻底被当成老头子了"),

---

[1] 一种能够创建、编辑、打印文档的机器,后被个人电脑取代。(若无说明,本书脚注均为译者注)

以前论文都是手写,誊稿耗费的时间不容小觑。

圆紫先生也不例外,直到交稿日前才写完论文,松了口气。他原本还悠哉地想"接下来可以听着音乐轻松誊稿了",不料这却是大工程。当他发觉誊了十张就已超出预期时间时,不禁愕然。

据说字迹漂亮的同学不乏受托代抄毕业论文的兼职机会,今天已由机器代劳,所以说时代真的变了。

最令人惊讶的是,我买的最新型文字处理机连打印之前的工作都能分担。也就是说,它还附带文档处理功能,只要输入必填项,便可自动代笔写信。更令人目瞪口呆的是,它连"诗"都能代作,简直像基督教传教时代外国传教士的魔法。

功能说明中,有个"毕业论文"的选项,看起来很有意思,我决定试试。

画面首先出现:"您在什么领域扮演了什么角色?"朋友高冈正子的脸孔霎时浮现在脑海中,于是我打上"大学生活中的小正"。

接着,我逐一回答文字处理机的问题,最后生成了以下摘要。文句虽然多有重复,显得古怪又荒谬,但那正是它的可爱之处。

> 小正与学生生活关系极为密切。主观看来,学生生活恰是迷惘之时。对知识的渴求和对感情的憧憬支撑着学生度过了这四年时

光,可以说,没有小正就没有学生生活。

时至今日,利用小正已成为日常习惯,但学生们将面临毕业的同时走上不同道路的新问题。

在毕业的同时走上不同道路虽然被视为理所当然,但站在新的出发点看,该问题意义重大,寻求解决之道,已成为当今学生生活的一项课题。

基于这样的宗旨,笔者选择"小正在我大学生活中的意义"作为毕业研究的主题,考察学生们今后该走的道路,力求提出自己的观点。

研究"小正在我大学生活中的意义"的目的在于改善过去存在的问题,该理论将有效推进对这一课题的研究。

(最后请撰写对指导老师、研究协助者,以及辛苦参与研究者的感谢词,并准确记录参考文献及引用文献出处,包括书名、作者名称、引用页码。)

毫无疑问,这套程序帮不上忙,还得靠自己的大脑。

写完稿子后得装订成册。根据小正在大学附近打探的结果,每家店报价不一。

"松级[2]是两千五，竹级是两千。"

"嗯……"

"梅是一千二。"

我歪着头表示不解："最高级和最低级要价也差太多了吧。"

"你现在说什么都没用，认命吧。"

"这种小事倒不至于要认命，不过选便宜的真的没问题吗？"

"你指什么？"

"梅级的封皮该不会是卫生纸做的吧？"

朋友露出一副"你的冷笑话我早就听腻了"的表情。

"那是薄利多销。"

"小正，你要选哪家？"

"那还用说，不然你以为我干吗要到处调查，我当然选一千二的，用省下的钱吃套餐绰绰有余。"

"确实。"

朋友挺起胸膛："就算用最豪华的金箔虎纹封皮，内容不行一样没戏，如果情况相反，哪怕选了一千二的，是金子总会发光的。"

我醍醐灌顶。

于是，离交稿日还差半个月的十二月初，我拿到

---

[2] 在日本，松竹梅是用于划分商品和座位三种品级的称谓，由高到低分别为：松、竹、梅。——编者注

了硬皮精装的毕业论文。

我一直对"书"情有独钟。小时候，我曾趁着过生日软磨硬泡让大人买整套日文五十音的印章给我，然后在打印纸上一字一字盖成文章，制成迷你书。十几年的岁月流逝，如今我愉快地感受着这本B5大小的硬皮精装论文的重量，它总结了我的学生生活。

"自己的书"就这样诞生了，我心中萌生出小小的感动，不由自主地轻轻抚摸起它坚硬的深蓝色封面。

2

大学这场大富翁游戏已近尾声，四年来，我们几个死党动不动就聚在一起。

除了我，还有浓眉如年轻武士般英气十足的小正，以及再次借用古装剧来形容，有张公主脸，性格温柔婉约的江美。从大一入学的通识课程同班后，我们一直关系密切。

由于都有志在两个交稿日中较早的十七日交毕业论文，我们约好了傍晚碰面。

我在地铁站旁一家有着大玻璃窗的咖啡店等候。先是小正匆匆出现，到了约定的五点整，江美也如约而至。

"幸好今年年底不冷。"

江美在我身旁坐下，以天生温暾的嗓音说。小正不禁吐槽："说的什么呀，你这简直像大婶的寒暄。"

江美不慌不忙地应道："不，是老奶奶才对。"

今年的确是暖冬，台风不知怎么想的（应该是什么也没想），居然十一月底还要来袭，真是诡异。

"不冷的冬天，你不喜欢吗？"我问。

"嗯，暖冬让人提不起劲来。"

不管是冷是热，一想到今年就要过去了，我也忍不住要回顾过去，何况我刚交完毕业论文。这是大学生活的最后一个冬天了，我不由得脱口而出："只能再当三个月的学生了，真不敢相信，时间过得这么快。"

点完热可可的江美凝视我半响，而后嫣然一笑："头一次在学院的二楼教室见面时，你穿着暖白色的长袖T恤吧！"

"是吗？"

江美老是能记住一些令人意想不到的事，讲出意外的话。我抱起胳膊开始思考。

"对，那衣服的领口有圈印加帝国风格的刺绣。"

"啊！"

"想起来啦？"

"嗯。不过，用印加帝国形容怪怪的。"

听起来未免太夸张，刺绣图案虽然复杂，但还是非常秀气可爱的。

随着对那件长袖T恤的图案的追忆，法语老师那圆圆的脸、略高的嗓音，同学逐一起立报出高中母校和姓名的紧张表情，以及由窗口吹来的四月清风，全都浮现在脑海中。那段日子似近还远，而我当时不过十八岁。

"你头发短短的，像个小男生。"

"我现在有所成长了吧。"

"头发的确是。"

小正插嘴，我当耳边风，继续说道："可是，转变最为戏剧性的还是江美，毕竟都当上别人的妻子了。"

江美在大三时结婚，从庄司江美变成吉村江美。一毕业，她就要前往老公等待她的九州就业了，几乎不可能留在东京找工作。她老公也借地利之便，替她找了"电话应答服务公司"的工作。

忙碌的人和这家公司签约，公司会指派专人帮忙接电话，做出适当的应答。说白了，就是扮演秘书的角色，关键是，公司从社长到员工都是女性。

"他是怕你搞外遇吧。"我这么一讲，江美立即反驳："才不是，这样的职场环境对女性更友好。"听说她老公拼命为她找能愉快工作的地方，小两口可真恩爱。

"其实，小弟原本也很危险。"

小正有时会自称"小弟"。

"什么意思？你差点扭到脚？"

"不是，我是说戏剧性的变化。现在才好意思告诉你们，其实去年夏天我谈恋爱了。"

"真的？"

"真的。结果一入秋就分手了，所以在去年十月前后，我不是变得很刻薄吗？"

"我哪知道，你一直都很刻薄。"

"臭丫头！"

"看，你又欺负我。"

我并非完全没察觉，只是忍不住配合小正的戏谑口吻用玩笑一句带过。

坦白讲，不论结果如何，听到好友经历过那样的恋情，我甚至有点羡慕。当然，这不过是旁观者轻易发出的感想罢了。

我和其他人也曾结伴去过几次歌舞伎座剧场三楼区和银座SAISON剧场的特价区（凭学生证就能买到超低价的门票），但纯粹的一对一约会，只有夏季庙会那晚我骑车载男生出门的经历。附带一提，那时的"男友"，时年五岁。

当我还是个青涩的新生时，也曾怀着那样的"期待"，心头小鹿乱撞。但……世间事总不尽如人意。

我轻啜一口红茶，岔开话题。

"欸，小正。"

"干吗？"

"以后当上老师,你也打算自称'小弟'吗?"

顺利的话,高冈正子四月起将成为神奈川县的高中老师。

"错。"

她挑起一边眉毛,慢条斯理地回答:"是'吾辈'。"

3

那晚,三崎书房的天城小姐来电,她的嗓音依旧清亮。

"在忙吗?"

"不忙,今天刚交完毕业论文。"

"太好了,你想不想去泡温泉?"

好奇妙的提议。

"温泉吗?"

"对。其实,田崎老师之前在箱根忙着写《乱世》的完结篇。"

注意到"之前"这个过去时态,我不禁兴奋地提高了嗓门。

"哇,终于完成了吗?"

向我抛出芥川龙之介的短篇小说《六之宫公主》创作之谜的,正是文坛大家田崎老师。那是我得以与他亲近交谈的契机。

《乱世》是老师长年撰写的作品。十多年前，当我还是小学生时，这部小说就在文艺杂志刊登了序章，此后以片段的形式发表至今。换言之，这是一部宛如巨鲸不时现身浪涛之间的巨作。室町至战国时代，太平洋战争爆发至现代，两段时空背景变幻自如地交替出现，平行展开，彼此仿佛拒绝产生交集，实际上却创造出一个严丝合缝、不可撼动的完整世界。

三崎书房与田崎老师战前就认识了。"所以，也谈好小说完结后由我们出版。"天城小姐说道。只是，近两三年稿子进展不理想，对于何时才能出版，谁都没把握。

天城小姐开心地继续道："没想到，夏天起老师运笔如飞，一口气写了大概七百页。最后结尾时，老师提前去了箱根过年。结果今天中午，他打电话到出版社，愉快地告诉我终于写上'完'这个字，而且还提到了你。"

"我？"

"对，似乎心情一放松他就想起了你。于是我试探着主动问'要不要招呼她一起'，老师听了十分高兴。"

我忍不住微笑："我向来很受小孩和老人家的欢迎。"

"这算是专长？"

"对。"

"那你可得写在简历上,"她笑言,"我们出版社平常相当小气,不过因为对方是田崎老师,又是为了《乱世》,勉强能提供两个人的经费。所以,你能来一趟吗?毕竟你还没成为正式员工,有点不好意思麻烦你。"

田崎老师提到我应该是真的吧。不过更重要的是,我感受到了天城小姐的良苦用心,除了想帮助我早点习惯出版工作,还考虑到老师欣赏我,趁机让我加深与老师的关系。

4

交完毕业论文的我这阵子本打算等家人都出门上班后,再慢悠悠地爬出被窝。可是,第二天我很早就起床了。在听到打开大门的姐姐嚷嚷着"哇!好大的雾啊!"后,向来好奇心旺盛的我立马抓起外套,出门看热闹。

我明明可以先喝杯茶暖暖身子,但我忍不住想,万一这期间雾稍有散去,岂不可惜。

我记得广重[3]《东海道五十三次》中的《三岛》

---

[3] 歌川广重(1797—1858),江户后期的浮世绘画家。擅长叙事性及平易近人的风景画,《东海道五十三次》为其代表作。

描绘的便是朝雾，印象中以三岛大社[4]为舞台，浓雾深处仿佛藏着某种东西，如果细白的水幕后有铃声响起，想必更添神秘——丁零、丁零……

笼罩我家的浓雾亦然。微风吹拂，雾气如白色丝带般飘然流过。

天际渐露曙光，这场大雾也将急速消失，我感到有些遗憾。当然，身为不需赶时间的闲人，这么说有点不负责任。探出门前马路一看，白茫茫的雾气仿佛一片薄薄的毛玻璃，对面的树篱在眼前一点一滴渗出鲜绿。

上班上学的人照常行经马路远去。雾气萦绕，徐徐转动的自行车车轮行至远处，才在朝阳下倏然发光。树叶尖浮现点点光粒，如画笔点缀。

回到院子，我轻轻吐息的白气浓重，不逊于雾。

这时，某种丝状物掠过眼前。

我一惊，再仔细看，原来是蜘蛛丝，一直延续到院子的木莲树枝头。

按道理来说我不该没发觉，但一时没想到是有原因的——粗细不对。比起一般的蜘蛛丝，这条丝线略粗几分，还覆盖着一层纤柔的雾膜，柔软、洁白、亚光。

倘若丝线呈蜘蛛网状，我大概就不会陷入迷惑。

---

(4) 位于静冈县三岛市的神社。

但当只有一根乘着细细微风飘过眼前时，我便禁不住怀疑它为何会出现在这里。

实际上，那的确美若丝绢。

我慢吞吞地做准备，于中午之前离家。

在新宿车站碰面时，天城小姐将焦糖色短外套的腰带随意系在左侧，领口露出绯红色丝巾，非常漂亮。她右手拎着旅行包。

"很重吧？"

见她还背着一个沉沉的大布袋，我不禁问道。

"小意思，这是常有的事。"

袋子里八成塞满书本、成沓的稿件及资料吧。纸并不轻，她纤细的肩膀却能稳稳撑住。我心想，当编辑也是个力气活。

途中，阴霾的天空低声啜泣起来。进入箱根山区，抵达旅馆门前时才下午三点左右，但周遭已是烟雨蒙蒙，宛如暮色时分。

建筑物不大，柱子很粗，木地板闪耀着洗练的光泽。抬眼望去，正面横梁上挂着会出现在语文课本里的名家来信。

放下行李，我们立刻去老师的房间打招呼。天城小姐穿着砖红格子上衣，我则穿一身远看像沙黄色的细千鸟格套装。

"嗨，你们来啦。"

老师走出内室，坐在坐垫上，仍是老样子，让人完全感觉不出他已八十高龄。和服穿在他身上极为自然，我忍不住暗想，年末的日式旅馆就该请这样的人坐镇。若说还差点什么，旁边最好再摆个旧式长方形火盆。

老师摘下长脸上的眼镜，放在桌上，大概刚才在工作。

天城小姐行礼后，缓缓抬起头，以教训捣蛋鬼的大姐姐口吻说："您也看到了，我把您射上白羽箭[5]点名选中的候补员工给带来了，所以，请把稿子交给我吧。"

老师嘴角一撇，抚摸着银发。

"怎么？你以为是在驱赶狒狒吗？"

"在下正是岩见重太郎。"

真是古意盎然的对话。

"没办法，我只好乖乖投降了。"

老师"咻"地站起，回内室取来一沓稿子，送到天城小姐面前。

我仿佛从观众席登上表演舞台，心情非常奇妙。闻名已久、报纸文艺版一再报道的作品，我竟有幸亲眼见证它的完结篇由作者亲手交付编辑的这一幕。

---

(5) 日本民间故事中，野底山的姬宫是个巨木遮天的僻静山野，每逢祭典，门前被插上白羽箭的人家要献上未婚女儿当祭品。路过的武士岩见重太郎觉得奇怪，问明原因后，代替女孩假扮祭品打退妖怪，才发现作怪的是只狒狒。

老师与天城小姐似乎忘记我在场，严肃地交谈了一会儿，然后天城小姐行了个礼，回应道"我收下了"，就把稿子放进事先准备好的三崎书房信封里了。

老师接着转向我，开口道："我得谢谢你。"

"谢我什么？"

"其实我也不大能解释清楚……"

在操纵文字方面如有神助的田崎老师竟然找不出适当的话语，天城小姐立即开口解围："多亏有你，老师才能写完稿子。"

我更是一头雾水。

"这又是为什么？"

"很难用逻辑来解释，自《六之宫公主》那件事后……"老师挥动着双手，仿佛在捕捉空中的游鱼，最后死心地在膝上握拳，"反正多亏有你，我的工作进展得异常顺利。"

5

老师闭上双眼，微微摇头，好像在搜寻着什么。

"对了……"

他倏然睁眼。

"有件事我原打算你一来便告诉你，瞧我这记性。"老师稍微加快了语速，"芥川在短篇小说《六之宫公主》的结尾让一名乞丐法师登场，并揭晓法师'出家前的俗名为庆滋保胤，世称内记上人，乃因其在空也上人的弟子当中，是首屈一指的高僧'。"

"对。"

"庆滋保胤写过《日本往生极乐记》[6]等书，和这个故事的主题不无关联，为什么偏偏要等到文末才点出他的名字？像在揭晓什么谜底，这点很奇怪。"

我自然地点点头。

"或许我没资格这么评断，不过我也觉得有些牵强。"

老师听我说完心情极佳，笑吟吟地说："你看吧，你看吧。那些研究者八成至今还在猜'可能是这个意思，也许是那个意思'，结论众说纷纭。"

"是。"

"这个问题我就是因为听完你的想法才茅塞顿开的……虽然我对自己究竟明白了什么，又是如何明白的，也说不出个所以然，但我过了一阵子，确实出乎意料地想通了。"

到底怎么回事？我不禁倾身向前。

"根据你的推论，'芥川受菊池宽的短篇小说《吊颈上人》影响，才会写出《六之宫公主》'。"

"没错。"

---

[6] 平安时代中期由庆滋保胤编纂，包括圣德太子共四十五人逝世前往极乐净土的传记。

"菊池的《吊颈上人》怎么起头的?"

"这个嘛……"

在既没准备,手边也没资料的情况下,面对突如其来的提问,我一时答不上来,感觉有点丢脸。老师大概早有准备,他拿起桌上的笔记,戴上眼镜开始朗读:"'小原的光明院,住着寂真法师这位上人',是这样吧?"

"是的。"

"在《六之宫公主》的结尾,芥川相当勉强地将故事与庆滋保胤联系起来,写出了他的俗名,甚至写到他被称为内记上人,却没提及他的法号,多半是故意吧。依我看,这似乎是种懂的人才明白的暗号。"

我压根没想到这一层。

"庆滋保胤的法号是什么?"

老师一脸愉快。

"是寂心。菊池在故事开端就说'有位寂真法师',而芥川则让僧人在结尾登场,作为对比,以'是为寂心法师'收束全篇。"

遥远往昔的对话,仿佛在耳畔响起。我哑口无言,默默凝视着老师。房间稍静,细微的雨声便从旧式风格的窗户轻轻柔柔地传来。

我意识到,该向老师学习的还有很多。

我用房间角落的茶具泡起了茶,忍不住感叹"这茶叶好得不像旅馆会用的"。大概是因为我没住过这么好的旅馆吧。

老师神色淡漠，我们有一搭没一搭地闲聊。天城小姐告诉老师会暂时让我负责新书的编辑工作，他点点头，鼓励我"好好加油"。

然后，两人谈起三崎书房的往事。话题从隅田川转至白鱼，天城小姐讲到老师的白鱼俳句。田崎老师也是俳人，于是，我自俳句与白色产生联想："大学课堂上教过芭蕉的'海上暮色闻鸭声隐约白茫茫'。"

听着像打油诗，其实来自加茂老师近代文学课程的教材。

"听说中间和下面应该颠倒，改成'隐约白茫茫闻鸭声'[7]更好时，我大吃一惊。我一直以为那句就是五五七的破格写法，才能将焦点从大片景色集中于鸭啼声。白色放在上下之间，焦点似乎就模糊不清了。您觉得呢？"

老师立刻回答："当然是'隐约白茫茫闻鸭声'更好。"

自从在高中课本邂逅，我始终难忘这首俳句，于是不甘心地追问："真的吗？"

"对，不过无论如何，这首俳句都算不上杰作。"

老师不当回事地回应道。他批评的可是俳圣的名作，那种斩钉截铁令我手足无措，毕竟我们身份

---

[7] 俳句共十七字，通常是五七五的格式，此句却是五五七，因此有人认为藏有作者的特殊用心。

不同。不过，也因此，我更想趁机请教关于芥川的疑惑。

"芥川在某篇文章中曾介绍一首他认为深得鬼趣的俳句，也就是池西言水[8]那句'被蚊柱当成基座的乃弃儿乎'，我初中第一次读到时就像撞见鬼一般，只感到害怕。随着我对芥川的了解越来越深，我的恐惧也逐渐加深。他选择这句，是否在很大程度上是因为自身的经历产生了共鸣？"

"……嗯。"

老师喝了口茶，目光锐利地看着我。

既然老师没说话，我只好继续说下去，虽然担心自己是在画蛇添足。"龙之介尚未懂事，就被芥川家收养。甚至根据某些书的记述，由于他是父亲在四十三岁的后厄年，母亲三十三岁的大厄年[9]出生的孩子，似乎一出生就成了弃婴。如果真是这样，芥川对这个字眼不可能不敏感。至少，对孩子被迫离开亲生父母的题材不可能不敏感。"

当我得知此事的瞬间，我仿佛对芥川读言水俳句时的震撼感同身受。

今后我也不会停止阅读，书籍也将以各种形式持

---

[8] 池西言水（1650—1722），江户中期的俳人。
[9] 日本认为男人在二十五与四十二岁，女人在十九与三十三岁，容易遇上灾祸，必须特别小心。尤其男人四十二岁和女人三十三岁更是大厄年，前后两年分别称为前厄、后厄。

续撼动我的心。

老师颔首:"应该吧。"

果然,获得肯定还是很开心的。我像个贪求食物的饥饿小孩,趁机开口:"我可以再多请教些俳句方面的问题吗?"

"行,你尽管问。"

"其实这些靠查资料就能弄明白,身为学生原不该麻烦您……"

"嗯。"

"不知道久保田万太郎[10]写过悼念菊池宽的俳句吗?"

老师云淡风轻地说:"有啊。"

我有些意外。万太郎与菊池宽,感觉两人八竿子打不到一块。

"是吗?"

"有好几首,像那首'花期尚……'"

他瞥向天城小姐,天城小姐倒是回答干脆:"我不知道。"

---

(10) 久保田万太郎(1889—1963),小说家、剧作家,也是俳人。其作品一贯描写东京老街的市井生活。

6

老师背了几首万太郎的俳句，仿佛在弥补没给出答案的事。前辈总是能教给我们很多东西。当然，大部分我都毫不了解。

其中，这首俳句十分有冬天的气息：

橐驼来到舞动寒剪铿锵响

"这里的'橐驼'大概是指园丁。"
"啊，郭橐驼是吧。"
"哦？你知道得很多嘛。"

柳宗元的文章里提到过他，我总算争回一点面子。故事的主角，是因背部形如骆驼而被冠上"橐驼"绰号的园丁。他是个园艺专家，种的树从不枯朽，且果实累累。有人请教他秘诀，他回答"只是不去干扰树木的生长罢了"。这个故事有政治层面的深意，出自《唐宋八家文》。知道这些好像显得我很厉害，其实我是从自由国民社出版的《中国古典名著总解说》中读到的。

高中时，为加强汉语成绩，我出于更功利的肤浅心态而非好学心拿起了这本书，没想到一页页翻着，竟然越读越有趣。

不愧是中国上千年的智慧结晶，我不禁感叹。

之后，我也买了平价文库版的《唐宋八家文》，但只是大致浏览过《种树郭橐驼传》,便搁置一旁打算改日再看。

不过,"郭橐驼"在我心中的深刻印象不全源于此。某位俳人也用过这一典故。

朋友小正毕业论文的主题是江户俳谐[11]。受到她的影响,我从图书馆和家中藏书中随手捡拾了不少相关书籍进行翻阅,简直像窥视珠宝盒,读来非常享受。

例如,小正介绍的女俳人有井诸九[12]所写的"胧夜沉沉掠过最边际雁声阵阵"已让我大吃一惊,其他还有这样的作品:

眼眶含泪马亦渐远行枯草荒原

写得真好,不是吗?伤感在微妙的地方及时打住,并未过度煽情,太适合她这种敢在江户时代红杏出墙,和男人携手私奔,一生波澜壮阔的人物了。这句描绘的无疑是马儿那双水汪汪的大眼睛。

我也是在这类江户俳句中邂逅了郭橐驼。

"有个叫高井几董[13]的人吧。"

---

(11) 江户时代兴起的日本文学,是后来明治时代俳句的起源,强调游戏性与滑稽趣味。
(12) 有井诸九(1714—1781),江户中期俳人。
(13) 高井几董(1741—1789),江户中期俳人。

"啊，是芜村⁽¹⁴⁾的高徒？"

"没错。在《古典大系》读到几董的代表作时，我认为他是个极富才气、俊美柔和的人。"

"是那首'轻拨喝彩人潮相扑力士自远去'吗？"

"对。"

另外，还有"压住绘草纸吹拂店面的春风""烟火燃尽处美人纵身浸美酒"等句，流畅地，不，是未免太过流畅地钻进我心里。然而，当我在家里的江户文艺书刊中看到他的自选集《井华集》时……

"他也写过一句'任由毛虫爬满背是为郭橐驼'。"

"噢。"

"'园丁'和'毛虫'应该是自然的联想，或是俳谐式的写法，但我就是非常讨厌这句。"

我觉得这是种恶趣味。

"说不定，橐驼反倒会发笑。"

"嗯，或许吧。可是，我仍毛骨悚然，因为后面紧跟着一句'爱儿身上爬毛虫惹人怜爱哉'。"

"原来如此。"

"让'毛虫''爬'在'爱儿'身上，我还是无法忍受。"

同样是描述虫子，另有一句"牵牛花与稚足犹有

---

(14) 与谢芜村（1716—1783），和松尾芭蕉、小林一茶并列江户俳谐巨匠。号称江户俳谐的中兴始祖，也是俳画的创始人，擅长写实且具有画面感的句子。

跳蚤痕"就比较正常,教人不禁会心微笑。

"是吗?"

"不过,令我更畏惧几董那种感受力的,是橐驼那句的前一句。"

老师轻抚下巴问道:"什么样的俳句?"

是这句——

　　罪孽深重夜不寐苍蝇与瓜皮

7

"提到'苍蝇',我印象最深刻、最感到恐怖的,是夏目成美[15]的俳句。"

他曾照拂过小林一茶,是几董之后的俳人。

"嗯。"

老师兴味盎然地看着我。或许是年轻气盛,我继续道:"那句是'苍蝇成群挥不尽犹如此心哉'。我认为他写出了'心',或者该说,'情念'的可怕。"

而我,之所以搬出成美,其实是在做铺垫。

"讲到这里,夏目成美还有一句'用寂寞配饭吃的深宵之秋',我注意到它和几董的一句恰好形成

---

(15) 夏目成美(1749—1816),江户后期俳人。化政期江户俳坛四大家之一。

对比。"

我举出高井几董的俳句:

以悲伤对鱼下箸秋之昨夜哉

然后我问:"您觉得哪首好?"

面对意气昂扬的我,老师眨着小眼。这样口口声声追问"哪首好",仔细想想,简直跟小毛孩没两样。

老师随手抽起一张稿纸,推到我面前。白底上有浅绿色的格线,是老师的专用信纸。然后,老师把钢笔往旁一放。

"写给我瞧瞧。"

糟糕,我暗呼不妙。想到姐姐写得一手好字,而身为妹妹的我却完全不行,毫无自信。但若字丑还推托不写,只会更丢脸,我心一横,决定豁出去。

我诚惶诚恐地拿起老师递来的钢笔。笔很粗,很沉,似乎也代表了老师的分量。

待我停笔,老师的眯眯眼瞥向天城小姐。

"你选哪边?"

天城小姐道声"不好意思",便朝颜色和栗子皮一样沉稳的桌上伸出雪白的手,拉过稿纸。她左手中指稍微推高眼镜框,轮流审视两首俳句后说:"'寂寞'一句的'配'字明显流露出俳谐的趣味,后面的'饭'字就不能动了。"

"嗯。那你猜这孩子会怎么选？"

"'悲伤'一句更为凄凉……"她指着这句，望着我，"直接打动你的应该是这首吧。"

我感觉内心全被看透，不胜惶恐。见我点头同意，老师开口："不过，成美的句子确实符合成美的特色，几董也很有几董的风格。"

芜村将几董视为继承人，并盛赞"再找不出和我家几董相当的才子"。

《芜村书简集》中有很多老师对弟子的描述。

名古屋的加藤晓台[16]在寄给芜村的信上写着"周游各地也没再见过像几董那么奇特的人"，"能收到这样的门徒，实在令人羡慕之至"。

芜村对此颇为欣喜，"晓台底蕴深厚，果然与寻常俗俳不同。连他都敬畏几董，退避三舍"。

芜村字里行间洋溢着兴奋之情，仿佛受到夸奖的不是自己的弟子而是恋人。

师徒俩呕心沥血，琢磨对咏的作品是《桃李》。第一歌仙[17]，几董以"卯月廿日明光影"，对老师的发句"牡丹花瓣纷坠零落二三片"，接续的第二歌仙，则以"冬木林立月夜色入骨髓哉"起始。

"你喜欢几董吗？"

---

(16) 加藤晓台（1732—1792），江户中期俳人，原为尾张藩武士。
(17) 歌仙为俳谐形式之一，以长句与短句交互连写三十六句，因和歌的三十六歌仙而得名，后来成为连句形式的主流。

"喜欢，我认为他真是才华横溢。可是，据说芜村逝世后，他便写不出好句子了，甚至猝死在酒席上。乍一听不可思议，却又仿佛理所当然。从咏苍蝇的作品可以看出他的心境晦暗危险，或许他那不幸的晚年在冥冥之中早已注定。"

"一代才子，连死亡也极有他的风格，是这么讲的吧？"

"嗯。"

"不过，"老师忽然一脸正经，"我不希望你说'喜欢那样的人'。以这种感伤的眼光看待他的生存方式，你还是太年轻了。或许你深知自己的才能，却明白世间事难如人愿，难免受挫，这层层微妙心绪的叠加，才给'几董'染上了浪漫色彩。"

我大吃一惊，天城小姐连忙打圆场："老师，这话太直白了吧。年轻小女孩可不像您心如槁木死灰，藏点感伤情怀有什么关系。"

"老头子我看不惯哪。听好，小朋友，要喜欢就去喜欢一流人物。还有，也许你会觉得老套，但真正美好的东西，总是向着太阳的。"

我很自然地低下头，恭谨应声"是"。承蒙老师教诲，说得很对。

然而，那晚钻进被窝时，我仍不由得想起几董的俳句：

黄莺他日会重访来日已不远
春风吹来沙沙作响之煤炭袋

是的，春天终将来临。

8
我一直偏爱悲剧人物。

以前，小学图书室有套儿童版的经典全集，其中的《保元平治物语》里，有个名叫源朝长的男孩。说实话，我是他的粉丝。

他就是那个以征夷大将军的身份创立镰仓幕府的源赖朝的哥哥。

身为家中次子的他，上有英勇无双的长兄恶源太义平，下有源赖朝。他被夹在两大超级明星中间，很不起眼，很没存在感。平治之乱[18]时，他还是个青涩少年。

要找小学时看的书十分困难。我翻开手边现有的幸田露伴[19]写的《赖朝》，其中写到，那天，朝长戴

---

[18] 平治元年（1159年）于京都发生的内乱，源义朝联合藤原信赖出兵，企图打倒羽翼渐丰的平清盛，最后义朝与信赖被杀，从此出现平氏政权。
[19] 幸田露伴（1867—1947），小说家、随笔家、考证家。

白星头盔,持浅绿大刀,身背白羽箭,马也挂着镶滚银边的马鞍。

大战中,他不幸腿被射伤,却因为父亲义朝的一句"你中箭了",便将其一把拔出。

落败逃亡时,由于弟弟赖朝走失,父亲感叹"我命休矣",便想自尽,家臣连忙阻止,一行人好不容易来到青墓[20]。

父亲这时下令:"你南下一趟,催促甲斐信浓的源氏一族进攻。"黑暗中,十五岁的朝长独自徒步出发,但他根本不知道信浓在何方,积雪的山路令腿伤痛苦难耐。他咬紧牙关,跛足回头,却招致父亲责备:"你真是个可悲的窝囊废,赖朝比你年幼,他都不会这样。"又说,"你若怕遭敌军俘虏,流出恶名,不如为父动手替你做个了断。"

朝长应道:"能死在父亲手中,感激不尽。"

我在决然赴死的少年身上,读到了"爱"的悲哀……我这种心态的确不太积极。

浮想联翩之际,我久违地回忆起小学生活。那铺着木地板的老旧图书室、单杠、攀爬过的游戏方格铁架、营养午餐,一切都已远去。自幼儿园时一起长大的朋友,也已许久不见。联系到刚才请教田崎老师俳句的情景,我不禁想起了比男生还强悍的美纱。

---

[20] 位于现在的岐阜县大垣市,是古代的驿站。

美纱，全名本乡美纱。幼儿园时便是五官分明的美人坯子，个性十分要强。

上小学后，我们二年级同班。某次吃营养午餐时，男生对她出言不逊，那时分发的牛奶即将从瓶装改为纸盒包装，美纱二话不说，随手便将牛奶泼向对方（我是不敢苟同啦）。老师也大惊失色，整间教室顿时炸了锅。

美纱父亲是那所小学的老师，不知道是否因此受到了影响，在美纱在校期间调到别处了。

虽然这么说有点绕，但和"俳句"有关的是她父亲。

记得在我高中时，隔壁小町家的老奶奶有事上门。谈话结束后，母亲从传阅板的蓝色夹板中抽出社区通讯报，问道："这次怎么样？"

老奶奶不好意思地说："写不出好句子。"

她们讲的是俳句栏。老奶奶的嗜好是写俳句，作品似乎每次都会登在通讯报上。

"哦，刊出来了。"

"不敢当。"

我说声"请用"，放下茶。老奶奶满足地喝茶，看着我开口："是本乡老师教的。"

"嗯？"我没反应过来。

"哎呀，就是小学校长。"

即使补上这句，我仍一头雾水，于是母亲解释：

"就是美纱她爸,提到小学的本乡老师,还能有谁?"

"噢,这倒是。"

那年他刚成为我小学母校的校长,小町奶奶以为我肯定知道。

"公民馆每个月有一次俳句聚会。"

"所以,本乡同学的父亲也写俳句吗?"

"岂止会写,还写得非常棒。"老奶奶举出我没听过的俳句杂志,告诉我本乡老师是那里的台柱作家。"这样的人物都是和同行切磋的,居然对待我们这样的外行也这么认真,教得也很热心,虽然他自己可能会觉得没趣,但我们实在太感激他了。"

老奶奶眯起眼说着,抚摸着手中的茶杯。

那时,我恰巧在高中课堂上听闻,国内各地都有许多热衷创作俳句这类短诗的人,日本是一个凡乡镇皆有诗人的国家。

当时的我深有同感。

9

岁末大扫除告一段落后,今年我又一时兴起把手探向壁橱深处的茶箱,翻出了一箱衣物和一箱杂物。

整个过程如同开宝箱,十分有趣。进行到这一步,我的"小摊"已经完全支起来了——我把里面的东西散落满地，根本不像在整理。

我甚至找到了旧相册。和姐姐相比，我的独照屈指可数，不过有幼儿园拍的集体照。

幼儿园毕业典礼的照片上，上次莫名浮现于脑海的美纱就站在正中央，她身后站着一个中年男子。

我去厨房向母亲打听："妈，这是美纱的爸爸吗？"

"等等，我看一下。"母亲把照片稍微拿远了一点，"对，没错。"

那人很高，颧骨突起，美纱大概长得像妈妈吧。

"她妈妈呢？"

"早就不在了。打幼儿园起，非要家长出席的场合都是她爸爸来。"

"嗯……"母亲估量什么似的看着我，"可能是因为孩子生得晚，她妈妈的身体很虚弱。"

我忍不住问："莫非，美纱的妈妈……是在她出生时过世的？"

"唉，听说是这样。"

美纱的妈妈知道生孩子有危险吗？直觉告诉我她知道。

把照片放回相册，我继续翻茶箱的底部，掏出一个包着纸，像垃圾一样的硬块。

仔细一看，原来是本手工书。多张对折的半纸[21]叠在一起，结成块状。不用说，这是日式和纸线装本，封面被灰尘弄得黑漆漆的，除了浮在其上的书名《家庭小说德意志昔日谈》外，还压上了刀的护手纹。

我一边一页页分开仿佛轻轻触碰就会碎裂的薄纸，一边慢慢翻阅。内页很干净，毛笔字清晰易读。

书名再度出现，接着是这句"明治二十七年春正月元旦　桃源处子"，用笔管印上红圈，序言则以"我所敬爱的江湖诸兄姐"起始。

文章曰，"某庆典节日"时，作者坐在姑母膝上听古老的民间故事。那时，幼小的心灵认为世上再没比这更有趣的事了，此后便"烦人"地"不停央求要听一个又一个古老的民间故事，小弟终于在家中赢得'昔日谈'的绰号"。

结尾则为"一千八百三十三年三月六日晚　于柏林市郊外　小弟格林敬白"。

我懂了，原来这是《格林童话》的译本。

第一篇是《青蛙王子》。

> 很久很久以前，在世上仍有许多奇闻怪事的时代，某处的国王膝下只有一个小公主……

---

[21] 原为和纸的一种，现今通常指25cm×35cm大小的纸张。

逐页翻阅之下,我发现译得相当不错。第三篇《傻大胆学害怕》是以"口语体"写的——

> 呃,容小的接着再讲个故事。话说某地方有位老爹,他有两个儿子,老大可是非常聪明伶俐……

接着,《狼和七只小山羊》译成《七子山羊猛狼访》,为仿"净琉璃[22]风格"。

> 浩渺三千世界里,举凡为人父母者,心情皆无不同,且看此处,有只母山羊养育七只小山羊。为人母者,一心只求小山羊平安无事……

第三十四篇《无所不知的学士》如此开头:

> 鄙人乃居住此地名曰海老助的农家百姓是也……

---

[22] 始于室町中期,以谣曲、说教等为起源的物语形式,后来使用三弦琴伴奏,配合台词与旋律发展故事。

这是"狂言⁽²³⁾风格",末尾还按狂言台词的惯例,出现了那句"别想逃,别想逃"。

好有趣的书。我去问母亲,可惜她也不清楚来历,捧到父亲那儿才弄明白。原来,"桃源处子"是父亲的父亲的父亲,也就是我的曾祖父,据说以前在神奈川县当医生。

"由于职业需要,才精通德语的吧。"

"是啊。"

我很高兴。曾祖父肯定也曾像我抚摸毕业论文的封面一样,反复望着这本《家庭小说德意志昔日谈》吧。他老人家大概做梦也没想到,曾孙女居然会在平成年间翻开此书。

另外,母亲的旧相册也重现江湖。我忍不住感叹"噢,真是个美人",把相册搬去当茶余谈资。

我们自然而然地聊起祖先,母亲提到不少娘家的故事。她的娘家在千叶的外房小镇,我上小学低年级前,全家每年都会去那里过暑假。

"你爷爷啊,"这里指母亲的父亲,"是个做事一板一眼的人。"

"听说他当过老师。"

"对。我至今看到纸门都会难过。"

---

(23) 日本的古典艺能,通常为透过科白表现的滑稽喜剧。自室町初期以来,与能剧保持密切相关,因此,能剧与狂言现在合称"能乐"。

我从未听闻此事。纸门？这是怎么回事？母亲继续道："家里的纸门向来都是你爷爷负责的。应该说，他根本不让别人碰，总是糊得严密又漂亮。"

"啊，我知道你的意思。"

原来男人在生活中也可能具备这类拿手绝活。

"可是，"母亲的目光垂落桌面，"在他逝世的前几年，糊法逐渐乱套。刚发现时我还觉得奇怪，隔年再看，纸门歪得更厉害了。"

"……"

"虽然千叶的房子已经拆掉了，但它是老式建筑，纸门很多，对吧？"

"嗯。"

"无论换到哪个房间，都能看到贴歪的纸门，仿佛在展现你爷爷一点一点地失常，我好难过，又无可奈何。接下来就该轮到我了，毕竟你们年轻人在越长越大。"

我内心感到的不是伤心，而是气愤。

"拜托，别说这种话。"

"你不爱听？"

"没有哪个孩子想听爸妈讲这种话吧。"

走出厨房，我心情复杂地端详着一旁整整齐齐、摆出一副准备好迎接新年架势的雪白纸门。

那是母亲贴的。

10

祥和的新年来临。

我整理收到的贺年卡,补写没主动先寄的部分。由于太散漫,出门时已是傍晚。我心想,比起丢进邮筒,直接去邮局寄可能更快,于是秉持着"最近一直窝在暖桌里,应该稍微活动一下筋骨"的信念,我没骑自行车,选择步行。尽管有点距离,但我喜欢走路。

回程途中,我顺道去附近神社做新年参拜。小时候,我们常来这里玩,里面有个高高隆起的土丘,虽然只有成年人的高度,但在以前,它在我们眼中非常大。

由于出门太晚,穿越神社的鸟居时天色已暗。凹凸不平的石板路旁,银杏叶散落满地,脚下却如同刷上薄墨般黯然失色,只能隐约看出那形状。头上沿着整条参道挂满了红灯笼,比起照明,更像在散发怀旧的气息。在这人烟稀少处浮现一条曲径,我宛如置身梦境。

我祈求神明,保佑今年阖家平安幸福。回到家中,母亲若无其事地开口:"明天你会待在家里吧?"

"嗯。"

"你姐姐有客人要来,你也跟对方见个面。"

"咦?"

我恍然大悟,这肯定是喜事。难不成,刚拜完马上就应验了?

"是男的?"

我反射性问道,反应单纯而直接。

"对,要在我们家吃完午饭才走。"

"我也得出席?"

"中间露个面就行。"

我很清楚迟早会有与姐姐的未来伴侣见面这么一天,原以为过程会很戏剧性,没想到一切进行得如此平顺。

"啥时候结婚?"我试着打听。

"这个嘛,大概是今年秋天。"

"噢,谈得这么具体了。"

我很自然地询问"是怎样的人"。据说两人是因工作关系认识的,对方姓鹤见。总觉得似乎在哪儿听过,于是我想到"白鹤先生圆圆虫"的口诀。有一种游戏,就是这样边念边逐步画出脸孔的。小时候,我都把它画在笔记本和教科书上。

对了,先前听到鹤见这姓氏时,我便联想到"白鹤先生"。那还是去年梅雨季的事。

"姐姐要亲自下厨吗?"

"那是当然。"

哪怕在我这个做妹妹的看来,姐姐也是无可挑剔的大美人,而且她的厨艺很棒。这次她八成忙着思索要准备什么大餐一鸣惊人,反正不可能煮年糕汤。

时值元旦,全家到齐。我关上走廊的遮雨板时,姐姐走近。

我忍不住问:"姐,那个鹤见先生,就是上次我一时误会,挂断电话的人吧?"

姐姐并未特意重新宣告"我要结婚了",似乎她认为这已是明摆着的事实了。她蓦地停下脚步回应道:"啊,发生过这种事?"

"没错。"我答得很肯定,"那时候你在洗澡,是我接的。没想到对方一上来就猛说对不起。我听他道歉,以为是打错了,便挂断了电话。可是,紧接着他又打来,搞半天是把我当成你。他非常慌张,以为'你果然在生气',你们那时候吵架了吧?"

隔窗可见的院中树木已完全隐没在黑暗中。

我原想强调"对方真是拼命",才挖出已然模糊的记忆。接到他的再次来电,我将鹤见的姓氏转告姐姐。当晚,我回忆起对方那好脾气的嗓音,忍不住咕哝着"白鹤先生圆圆虫"。

"有吗?"姐姐侧头思索一会儿,"喂,你跟我提过挂错电话的事吗?"

我一听,托腮苦思。

"你这么一问……"

的确,没禀报过。姐姐一脸"我就知道"的表情,点点头。

"原来如此。不管怎样,唯一能确定的是你已经给对方留下了'糊涂虫妹妹'的印象。"

"天哪。"

不过我认为打电话的他与接电话的我半斤八两，不知道姐姐会怎么看。我关上最后一扇遮雨板，边上锁边说："总之，元旦有白鹤先生来访，今年大概会是好年。"

"你讲得倒轻松。"姐姐微微一笑。

不知道父亲听见自己女儿结婚的消息时是什么表情，也不好当面问。

次日，鹤见先生登门拜年。他身材高大，看起来十分正直诚实。

11

大四的我，只剩几门语言考试了。

交完毕业论文，我的大学生活就基本落幕了，连以学生的身份走上学院前斜坡的日子都显得宝贵。

那段时间，我在车站月台巧遇了小学与初中同校的男生。

他姓鹰城，家里开书店。我因上学开始往返东京后，每周都会去神田逛几回，不再到住处附近买书，因为后者几乎找不到我想买的。例如，我从没在鹰城家书店看过三崎书房的出版物。由于店内架位有限，难免以漫画、某些文库本小说及杂志为主。畅销书之外，没有多余的空间释出。

中学时，下课回家前我习惯去他家书店逛逛，但近几年，很抱歉，我已经鲜少光顾了。

鹰城顶着蓬松的乱发，戴着白口罩，不知道是否患了感冒。他身穿深蓝色的宽松束腰外套，拉着空推车。我问那是干吗的，他答道："进货呀。"

我不清楚书店经营的实态，掩不住诧异："就用这个装书吗？"

难道像圣诞老人一样，要自己搬书？

"不是全部。货大多会送到店里，但总难免有紧急状况，比如顾客临时订书。"

"噢，原来如此。"

"偶尔也有杂志卖光的情形。这种时候如果调不到货，就只能来东京的书店买。"

经营书店的人到书店补货，感觉还挺奇妙的。

"但那样没利润吧？"

"当然。不过，我们总不能告诉老主顾没货吧。"

我也向鹰城书店订过书。假如连位于镇中心、书种最多的这家店都找不到，只能乖乖让他们帮忙订购。

久别重逢的老同学见面，聊的无非是某人最近怎样，好几年没见过谁云云。

不知道为什么，聊到一半，鹰城露出有点复杂的表情。这时，我们等的快速列车滑进月台。

午间车内空旷，我们相向而坐。

"若是坐东武线，快速列车比准急列车快得多吧？"

列车咔当一声开动。

"嗯。"

"京成线恰好相反。"

"哦，是吗？"

"记得有一次赶时间，我看了时刻表后，就没坐准急列车，特意等了快速列车。谁知道那趟车真是慢得不得了，虽然错不在车，但我仍有被骗的感觉。"

这就是一种先入为主的想法，因为一开始他就认定快速列车肯定会更快。

下一站上来不少乘客。鹰城有些坐立不安，闲谈一会儿后，突然转移话题，好像有些话不吐不快："开书店偶尔也会遇上讨厌的事。"

"啊？"

"本乡她老爸不是当过校长吗？"

他在说什么？不管怎样，我姑且点头。

"好像是小学校长。他上任时我们都毕业了。"

"对。之后他又调到别的学校，似乎是今年退休。"

"嗯……"

"他一直单身，感觉很古板守旧。"

我试着在脑海中替照片上那张面孔添加十五年的

岁月。鹰城继续道:"他也常来我们书店,和我老爸颇有话聊。"

"嗯。"

"可是,毕竟年纪大了。"

"嗯。"

鹰城倏地凑近低语:"后来他买了一大堆色情书刊。"

我顿时哑然,眼前浮现贴歪的巨大纸门。

"……"

"其实无所谓,反正我家也在卖那种书。要是年轻小伙子我一点都不在乎,问题在于,他可是小学校长。一把年纪了还这样,怪恶心的。"

我觉得鹰城这么做是错的,某些工作有保密的义务。比如,读者在图书馆借阅了什么书,必须绝对保密,就算警察询问也不该轻易泄露。透过阅览记录能窥见对方的内心世界,这个领域不容他人踏足。

开书店也一样。不随便谈论顾客买过什么书,是最基本的诚信原则。

但我还是听见了,或者说,我目睹了某种东西在渐渐崩塌。

走在我前方岁月里的人们教会我各式各样的道理,我希望能保持对这些前辈的敬爱之情。然而,岁月带来知识及经验的同时,恐怕也会腐蚀人心吧。

我很难过。

12

考完试后,我习惯性地浏览布告栏,意外发现加茂老师最后一堂课的通知。

他是教近代文学的老师。我能进三崎书房工作,就是老师介绍的。也许在哪里与谁邂逅,都会改变人生的旅途吧。

早就听说老师教完这学年便要退休,我取出笔记本仔细写下最后一堂课的时间和地点。竟然就在几天后,幸好还来得及。

这样的幸事在同一天还有另一桩。回到家,我漫不经心地扫过报纸上的电视节目表,才知道深夜有圆紫先生的落语表演,差点错过。

大家都沉沉入睡后,我泡了红茶独自等待。不久,出场伴奏响起,是耳熟能详的《外记猿》[24],圆紫先生在荧幕里的方形舞台上现身。

他仰起总是笑眯眯的脸,开口那句"呃——"让我立刻想起曾祖父译的《格林童话》,就是那句"呃,容小的接着再讲个故事。话说某地方有位老爹"。

没想到,圆紫先生的段子里也有老爹登场,他的角色是房东,剧目为《杂俳》[25]。我今天似乎与"五七五"特别有缘。

---

[24] 长歌的曲名,作词者不详,作曲者是第四代杵屋三郎助。
[25] 游戏性质的俳谐,形式与内容较正统俳句更五花八门,流行于江户中期。

房东老爹和八五郎[26]就俳句展开对话。进入主题前，圆紫先生如此开场："我们这行里有人热衷此道，区区在下也曾被赶鸭子上架。"

真的吗？我暗想。圆紫先生究竟会写出怎样的句子？

"对方要我试作一首，于是我吟道'八五郎也写俳谐夜晚可真冷'。这儿的'俳谐'当然不念'Haikai'，而是'Heekee'。否则就变成八五郎在附近徘徊[27]，误会就大了。"

观众哄堂大笑。

"'八五郎也写俳谐夜晚可真冷'，八五郎冻得发抖哪！大杂院里既无煤油暖炉，也没热炕。您说火盆？唉，连那种东西都是遥不可及的梦想。只见他不停哆嗦，最后实在抵挡不住寒气，哇地哀叫一声，即兴咏出俳谐。不料，老师称赞'圆紫先生，这句挺哀愁的，很不错'，被这么一夸，我不禁得意忘形，再接再厉作首'八五郎也写俳谐天气可真热'。由于实在太闷热，八五郎忍不住又咏出俳谐。老师便回道：'圆紫先生，这句挺愚蠢的，也不错。'"

圆紫先生装傻的说辞，也逗得我扑哧一笑。

不过，在忍无可忍的情况下脱口而出的话，不正

---

(26) 古典落语，尤其是江户落语中经常出现的虚拟人物。通常个性唠叨又糊涂，话听一半就急着回应，因而掀起骚动。
(27) 徘徊的发音也是"Haikai"。

是所谓的"表现"[28]吗?

13

加茂老师的最后一堂课,在文学院三楼的大教室开讲。

和平时不同的是,研究生和教师们都坐在底下。平日都站在讲台上的人现在居然在下面排排坐,感觉相当奇妙。

加茂老师准时出现在门口。掌声响起,他慈祥的脸上浮现出些许害羞且有点不知所措的表情。

一位恭候已久的女士领着老师在一旁的椅子坐下。近代文学教授拿起麦克风,开始介绍老师的功绩。加茂老师如坐针毡,极不自在。

待对方语毕,老师如释重负般起身,走向讲台。

然后,他毫不做作地谈起上田秋成[29],并以略带笨拙的大字,一笔一画在黑板写下重点,认真而平淡地讲解。

上完课,老师再度被掌声包围。我拼命拍手,只

---

[28] 此处的"表现",是指以语言或文字之类的方式,客观表达心理、情感、精神等内在层面。
[29] 上田秋成(1734—1809),江户后期的国学者、诗人、小说家。

见老师眨着湿润的双眼,深深一鞠躬。

先前那位女士捧着大花束走近讲台,边致意边献花。

糟糕,我暗想,早知道该带礼物来。

打铁趁热,我立即挤出人潮,马不停蹄地奔下斜坡,快步走向大马路。没办法,我的体力不足以跑完全程。

在甜点店选好巧克力,我请店员打上了金色蝴蝶结。

文学院的电梯爬得很慢,我心急如焚,好在勉强赶上,老师仍在办公室。

"打扰了。"

在场的还有听完课顺路过来的数名老师,我有点怯缩。但是,这时候也顾不得害怕。我一露脸,加茂老师便主动走近。

"哎呀,最后还这么麻烦你。"

我不知该说什么好。

"谢谢老师的照顾。"

"哪里。"

我取出名副其实的小礼物:"这个,真的是不成敬意……"

老师展颜一笑:"那我就收下了。"

我提早半个多月送上巧克力,自然地要求握手,老师笑眯眯地回应。

那是双很厚实、很温暖的手。

回家后，母亲告诉我，另一位老师的"课程"也画上了句点。

我一进厨房，她便说："丫头，上次不是提到本乡老师吗？"

"嗯。"

"他好像已向俳句教室请辞了。"

"噢，因为要退休了？"

"不是。虽然他不算年轻，但还十分硬朗吧。许多人都是退休后才有空发展兴趣，我倒觉得他不妨再坚持坚持。"

想到那未曾谋面，唯有脸孔莫名清晰的半老男人，我的脑海中不由得浮现"衰微"这个字眼，嘴上却不痛不痒地答道："就是啊。"

"小町家的奶奶失望得很。"

"俳句班还会继续开吗？"

"嗯，剩下的成员先撑些日子，趁这段时间会重新找指导老师。"

我站在暖炉前烤着手回道："哦，本乡老师要独自钻研……"

那倒也无可厚非。过去，他当志愿者时，指导本地居民领略了俳句的乐趣，现在，他以退休为契机，想今后关起门来专心提升自己的境界。

然而，母亲摇头。

"不是的。"

我不禁转身。

"啊？"

"听说他再也不写俳句了。"

我大吃一惊，接龙似的复述："不写俳句？他不是投入了非常多的心血吗？"

"好像是。"

那他真的能这么干脆地放弃吗？我愣住了，母亲来了一句"别挡着火，我会冷"。

我离开暖炉，坐到椅子上。她接着道："对了，他还留了最后一句。"

"那是什么？"

母亲挪开桌面的保鲜膜和报纸，回答："为画下句号，本乡老师即兴创作了一首俳句。小町奶奶刚写给我看，啊，在这儿。"

回转寿司的广告传单背面，有着黑色签字笔留下的一行字。这支笔大概是母亲递给他的。纸面上的字迹优雅，但或许是年纪的原因，略显颤抖。

　　回顾生涯　写遍十万冗句　尽付山眠

14

三崎书房替我拟了份研习计划。

除继续负责复印外,我也奉命利用空闲时间检阅二校稿。当然,这还不算是我的正式工作,校对部的同事也在同步检阅。

据说,这是要培养我身为编辑的感觉。

我铆着劲审阅。这是本由铅字本翻印的书,我需要对比两者的异同。当发现唯一一个没被检查出的错误时,我便像取得魔鬼首级立下大功般沾沾自喜。

时值节分[30],但愿能顺利把福气迎进门。

之后,天城小姐问"接下来试着看看原稿吗?"我好紧张,只能回答"好"。于是她交给我小说丛书中的一本。虽说是原稿,其实也是文字处理机打出来,并由我亲手复印的。

以天城小姐的资历,会就内容毫不客气地挑作者毛病,不过我这个小小的实习生,只能拿着软芯铅笔,挑出假名变换成汉字时的错误,以及术语、汉字的不统一。

伏案校阅之际,天城小姐从外面归来。她径直走到我身旁,开口道:"你'男友'托我传话。"

"啊?"

见我愣住,天城小姐扑哧一笑:"是田崎老师。"

---

[30] 二月三日立春的前一天晚上,按习俗要边撒豆子,边喊"福气进门,魔鬼出去"。

对了,她出差去了镰仓。

"害我以为发生什么事。"

"很失望?"

"才怪。"

天城小姐从包里取出一张纸。那是田崎老师的专用稿纸,字迹龙飞凤舞,却是我也看得懂的草书。

　　花期尚有余无端遭雨淋

原来是上次成了"家庭作业"的万太郎俳句。

"不如休息一下?"

天城小姐提议。正值开会前不上不下的空当,她泡茶和我一块喝。这种时候的闲聊,往往容易扯出许多八卦内幕。

天城小姐说她还是新人时,曾将稿子遗忘在地铁行李架上,直接下了车,后来,她只好到终点站去认领。

"咦,天城小姐也会犯这种错吗?"

"什么意思,"她绷着脸,"别看我这样,高中时我的绰号可是'丢三'。"

"丢三……"

显然省略了后面的"落四"。如此冷静沉着的天城小姐,竟然会获得这样的绰号,真想听听缘由。

"提到地铁,故事还不少。有次,某位作家特地送稿子过来,却在搭乘地铁时对稿子越看越不满意,一下车便在月台上把它处理掉了,仿佛自己很有男子气概。"

"此话怎讲?"

"他往垃圾桶一扔,就打道回府了。"

"天啊……"

"原稿装在三崎书房的信封里,好心人发现后,想着'丢失了整部书稿,出版社肯定急得跳脚',于是专程送来给我们。好啦,我们这边当然一头雾水,加上作家本人不知道去哪儿喝酒了,联络不上,于是引发了一阵没头没脑的骚动。"

"真是不可思议。"

"的确。讲到不可思议的事,还有一件。当时我负责某作家的选集,将新版的平装书和战前的版本互相比对。谁知道,不知到了第几部短篇小说时,作家做了大篇幅修改。"

"哦。"

"如果只是这样,都还不足为奇。"

"对,作家不满意的话,改动多少都行。"

天城小姐诡异一笑。

"原本我也这么想,可是,校对到某一页时,我忽然察觉到不对劲。作家修改的全是无关紧要的部分,而且还呈现周期性的重复。"

"周期性?"

"对,每隔几个段落就出现修改,其他的原封不动,间隔差不多行数后又出现修改。"

"嗯……"

"你猜得出是怎么回事吗?"

"不,完全不明白。"

细框眼镜后方,天城小姐充满魅力的眼眸发亮。

"我想也是。那时,我思索好一阵子,注意到某个细节才恍然大悟。确认后,事实果然如我所料。"

"咦,是怎么回事?"

"哎呀,该去开会了。"

天城小姐拿着茶杯站起身。

"可恶,故意吊我胃口。"

"才不是。马上告诉你答案不就没乐趣啦?我可经过了一番苦思,所以你也动动脑筋。对了,给你一个提示,那作家性格十分豪放。"

15

并不是我想作弊,我之前老早就收到圆紫先生的明信片,邀请我观赏二月的个人表演会。演出结束后,还承蒙招待去了一家充满老街风情的炖豆腐店。

宽敞的店内坐满食客。水泥地上摆着使用多年的桌子,看似廉价,却与店内毫不造作的随兴装潢相得益彰。中央那面墙的高处架着电视，这点也很有老街风情。在热闹的综艺节目的陪衬下，几个刚下班的大叔心情极好地品尝着小菜，谈笑风生。正前方有个澡盆大的锅，由老板模样的人守着，锅中是以祖传酱汁熬煮的豆腐。

"那口锅，据说从战前就开始不停炖煮了。"圆紫先生说明。

"啊？"

"汤汁烧干便加水，烧干再加水，一直煮到今天。"

"打仗时怎么办？"

"只好端着锅逃跑。"

光是想象那场景都觉得好笑，虽然它并非好笑的事。

难得有机会与大师交谈，我忍不住顺便倾吐心中的烦恼。

"事情就是这样。"

叙述完天城小姐出的"考题"后，我的解谜之神莞尔一笑。

"这倒有趣。"

"要是能参透个中玄机，会更有意思。"

我试图煽风点火，但圆紫先生不为所动，兀自赞叹："这家店便宜又美味。"

确实，主菜炖豆腐风味绝佳，搭配的凉拌海藻、醋拌地肤子[31]等（简而言之，就是下酒菜）也都很好吃。

"所以究竟是怎么回事？"

"这个嘛，修改不是周期性的吗？"

"对。"

"那是短篇小说，也就是说，当初应该是杂志连载，而非一气呵成直接出版。"

"大概吧。"

"这样的话，出书时不免有那种情形。"

"什么？"

圆紫先生极有耐心地解释："你复印过文稿吧？"

"是的。"

"复印时要翻开书，用力压住。但有时，两页之间的接缝处会印不清楚，变得黑黑的。"

我顿时一愣。

"现在已经有专门处理这类情况的机器了。不过，假如翻印的小说出现了上面的问题，无法辨读两页之间的接缝部分，差异自然会周期性地出现。"

"……的确。"

"作者编短篇合集时，若不巧手边只有杂志复印稿，当然不能对模糊的地方置之不理，会以红字补上再交给出版社吧。于是，和原来不同的版本就这样冒

---

[31] 地肤（学名 *Kochia scoparia*）的果实，形似小米，通常以醋凉拌，号称地上的鱼子酱。

出来了,也就是你所谓的有周期性差异的小说。"

我暗叹高明。不过,这推论潜藏着致命的错误。我自负地反驳:"但那是战前发表的作品,当时压根没复印这回事。"

不料,圆紫先生笑了出来。

"哎呀,伤脑筋。我只是拿复印来举例,纯粹是为了方便理解。真相其实异曲同工。"

"啊?"

"没办法复印,但可以如字面所示'摘取'需要的部分,对吧?"

"您是指剪下来?"

"是的,或者说撕下。如果印刷时文字太靠近两页中间的接缝,你猜会怎么样?"

我终于明白,真不甘心。

"看不清楚。"

确实是"异曲同工"。

"瞧,从'作家性格豪放'的提示,不也挺容易联想到吗?性格谨慎的人应该会拿剃刀之类的工具将自己的作品小心翼翼裁下,作家却直接徒手撕下,还在撕破的地方直接添上红字交给出版社。"

"原来如此。"

"你的前辈不是说事实果然如她所料吗?照我这推理,应该完全吻合。她肯定去过国会图书馆对比了连载时的中间接缝。"

没错。以天城小姐的行事作风,应该会这么思考和行动吧。

16

聊到今天落语表演会的内容,圆紫先生谈起《包袱巾》这个段子。

妻子与小伙子说话时,善妒的丈夫突然回来。情急之下,妻子把小伙子藏进壁橱。不料,丈夫竟在壁橱前盘腿而坐,不知所措的妻子只好去找一名机智的男子求救。男子听完事情经过,便拿起一条包袱巾,喊声"好嘞",就出门了。

故事重点在于如何从不可能的状况中脱身。

男子踏进女人的家,丈夫便问"你拿包袱巾干吗?""嗯,有个好玩的故事。"男子将眼前的状况当成别家的八卦讲给丈夫听。"我受人之托,帮那个壁橱里的家伙逃走。"

"哦,怎么做?""我把包袱巾罩在壁橱前的丈夫头上,"他一边说着一边真的动手照做,"然后打开壁橱,吆喝'喂,你快逃!东西都带着没落下吧?'"等小伙子脱身后,他取下包袱巾,"瞧,就是这样。"最后,以丈夫的一句"那倒挺高明的"收尾。

在刚才的表演中,圆紫先生眨了两三次眼,摇动右手展颜笑道"是哦，干得好"，然后退场。

即便是相同的段子，表现方式也因人而异。圆紫先生说："直到现在，我仍不时地由衷感受到表演的有趣。

"有位落语大师将《包袱巾》诠释成截然不同的段子。"

"此话怎讲？"

"他假设丈夫对一切心知肚明。台词大致上都未更改，仅靠动作和表情让观众明白这点。"

"哇！"

"故事中的丈夫不再善妒，而是对情况了如指掌，冷眼旁观众人的手忙脚乱。"

我歪着头表示困惑。

"但我觉得故事应该不是那样的……"

圆紫先生也是照正常的版本演出。

"嗯。若要追究对错，那他八成会遭到否定吧。然而，他能用几乎一模一样的台词发展出大异其趣的情节，我觉得过程肯定很刺激。"

同一件事，换个角度就能观察出不同的样貌。

落语会的讨论告一段落后，我另起话题："不久前，我在电视上看了您表演的《杂俳》。"

"哦。"

"最近，我和俳句特别有缘。"

"莫非你开始写俳句了？"

"不是，我没那么厉害。"

"俳句的确很深奥。"圆紫先生点点头，"上次，我偶然读到山本健吉[32]编纂的《新撰百人一句》。其中收录了子规[33]的'鸡冠花开定有十四五枝'，碧梧桐[34]的'红茶花白茶花纷纷落'，虚子[35]的'去年今年如棒一以贯之'。总之，全是朗朗上口的名句。至于加藤楸邨[36]的作品，选的则是'脱离日本语蝴蝶的ハヒフヘホ[37]'。"

"哦……"我只能含糊回应。

"我领会不出个中奥妙。恰巧有个朋友是俳人，我便请教'这是佳句吗'，他定睛赞道'好'。"

"当场就能断言？"

"是的。因为现在是冬天，我不由得想起那位俳句老师对楸邨那句'满面笑眯眯买圣诞蛋糕之男'也十分推重。"

---

(32) 山本健吉（1907—1988），文艺评论家，师从折口信夫。
(33) 正冈子规（1867—1902），致力于俳句与和歌的改革，门下有高滨虚子、伊藤左千夫等，高徒辈出。
(34) 河东碧梧桐（1873—1937），俳人、随笔家，与高滨虚子并称子规门下双璧。
(35) 高滨虚子（1874—1959），俳人、小说家，提倡"客观写生"及"花鸟讽咏"。
(36) 加藤楸邨（1905—1993），俳人。以充满浓厚人情味的文风闻名，也被称为人间探究派。
(37) 高龄且病弱的楸邨在前往丝绸之路中的沙漠地带旅行时，看到异国的蝴蝶飞来，用"ハヒフヘホ"表现翅膀的舞动。此句描写的是远在异国试图理解外语的难处，因此译成中文时保留日文假名。

"什么?"

我忍不住反问,圆紫先生又重复了一遍"蛋糕"那句。

"他认为这只有楸邨才写得出来,是了不起的杰作。我非常信服他的感受力,所以他说好的绝对就是好,只是我不懂欣赏。称得上'好'的东西,肯定有它的价值。他能看得出来好在哪里,说明他眼中的世界很丰富,所以我相当羡慕他。"

"'八五郎'故事里的俳句老师就是他吧?"

"没错,虽然并非完全照他量身打造。"

"圆紫先生还写过哪些俳句?"

"都是些不便在别人面前献丑的作品。"

尽管嘴上这么说,"我学生时代写过不合格式的怪句。比如这个,"他望着空中,"'想逃的心美人蕉绽放的正午暗影'。"

"哇……"我觉得很厉害,"那是红色的美人蕉吧?"

"是啊,艳红如火。"

"您到底是在什么情境下想出来的?"

圆紫先生调皮地摇头:"秘密。"

这就没辙了,我另起话头:"也有人选择放弃创作,不再动笔。"

"哦?"圆紫先生沉稳地回应。我告诉他本乡老师的状况,本想讲完俳句的事就打住,心头却卡着一根刺，最后，甚至将鹰城透露的那个难以启齿的插曲都和盘托出。

我之所以不愿意讲述，并不是觉得内容猥亵，而是因为在内心深处，我也产生了和鹰城类似的想法。只是，事情的呈现让我感到无力，难以承受。

圆紫先生听到一半便板起脸，严肃地凝视起啤酒杯。等我说完，他放下筷子开口道："先前，你提出了校对之'谜'。"

我被他的气势压倒，不由自主地回答："是的。"

圆紫先生缓缓说："那只能算作预热，今天真正的谜题藏在你刚才讲的故事中。"

电视荧幕中哄然响起笑声，似乎是某个毒舌艺人引出了什么好笑的话题。

圆紫先生继续道："男人买那种书不值得这样大惊小怪，哪怕小学校长也一样。关键在于，他是在自己居住的小镇，而且是在熟人会去的书店进行大量购买，你不觉得可疑吗？"

"的确。所以我觉得可怕。"

圆紫先生注视着我。

"你想表达的是，一个原本严谨正直的人，因为上了年纪忽然失去自制力的意思吧。但是，他的即兴之作《山眠》章法一丝不乱，自嘲之下，他的目光是平稳而沉静的。"

"既然如此……那段插曲究竟是怎么回事？"

圆紫先生停顿一下,才说:"反过来看,你有没有从那种'可疑'的举动中发现什么?"

我努力思索,仍然理不出头绪。

见我摇头,圆紫先生平静地开口:"那位本乡先生有没有年轻的女儿?"

周遭的声响倏然消失,美纱愤怒的面孔浮现在我的脑海,我仿佛觑见一丝端倪。我垂落视线,望着啤酒泡沫。

"他家只有父女俩相依为命。他女儿……和我同年。"

圆紫先生似乎难以启齿,却还是努力掩饰,接着道:"要真想看那种杂志,找远一点的书店买才更合理吧。但如果是因为不愿意让本地居民发现杂志里的某些照片,恐怕就得跑遍镇上所有的书店把它们通通买下。"

真会是这种情况吗?如果美纱这样做不是为了钱,而是为了反抗,或许真有可能。要是父女间的矛盾激起了美纱这种念头,对于二十几年来独自抚养女儿、生性正经的父亲来说,这无疑是杀伤力最强的报复。

17

次日，外面下雪了。

我从走廊的窗户眺望庭院，只见细雪纷飞。仔细一看，远处的白色物体是从右向左飘的，眼前的却正好方向相反。雪花交错飘落，大概是因为夹在房屋之间，所以风卷起了奇妙的气流吧。

雪花虽小，但数量一多，便细密地覆盖了视野。看样子会是场大雪。

吃完延迟的早餐，我套上父亲的黑色旧雨靴，一圈一圈缠上围巾，裹紧大外套前往储藏室。

记得家里有把堪称铲子大王尺寸的深绿色塑料雪铲，唯有刀刃是金属的。我拉出塞在纸箱后的雪铲，走到门前马路上。

目之所及，杳无人迹。平日里这时候也都冷冷清清，少有车辆驶过。尽管勉强找得出轮胎印，但似乎是很久之前留下的。刚刚吃饭时，我也没听见防滑链擦过柏油路的那种独特声响。

世界仿佛陷入沉睡。

我将绿铲插进白白的地面，像去舀一块泡沫做成的蛋糕，提起时却感觉意外地沉。我猛一使劲，才把雪抖进路旁的水沟。领教过雪的分量后，我接下来都先把雪铲拖近水沟再倒雪。

眼前雪花片片飞舞，我把围巾上拉当口罩。热气的聚集使围巾内侧变得十分温暖。

我继续铲雪。黑色的柏油路面短暂现身,立刻又披上了白纱。世界变成了一个巨大的砂糖罐。

母亲打开厨房窗户,朝我吆喝:"等雪停了再说,你这样容易感冒。"

"嗯,马上就好。"

动动身体,我便感到相应的疲劳,明天或许会肩膀酸痛。稍一眨眼,睫毛沾上的雪花轻轻掉落。

对自己的清扫成果感到大致满意后,我拉开玄关的门,扯下围巾做的口罩。这时,母亲走出屋外。

"顺便帮我检查一下浴室的煤油。"

"啊,一会儿要我进来,一会儿叫我出去,真是个双面人。"

"快到房子后面看看。雪这么大,没煤油就麻烦了。"

虽然嘴里嘀嘀咕咕,但其实这只是把铲子放回储藏室时顺路的事。我一步步拔出深陷雪中的雨靴,缓缓前行。屋后有个大锅般的煤油桶,我戴着手套用指尖擦拭仪表上的凝雪,指针露了出来。煤油确实在逐渐减少,但今、明两天应该还够用。

接着,我瞥向旁边的热水器。本该平坦的表面突兀地隆起一块,真奇怪。我抹除覆盖的积雪,原来是石头。不知道是家里哪个人出于什么考虑放上去的,再也没取过。

我把石头丢到墙边。

进屋后,我喝了热可可暖身。今天这种天气,估计店铺都关门休息了。

慢吞吞地洗完杯子后,我走近电话,翻开通信录找到鹰城书店的号码,按下按键。

接通后,我请伯母换鹰城来听。

"不好意思打扰了,你在忙吗?"

"闲得很。"

"能问你一件事吗?"

"嗯。"

"上次,你提到本乡老师……"

"啊。"

他顿时有点尴尬,大概是后悔不该泄露客人的隐私吧。

"你还记得吗?老师买的是不是很多本同样的书?"

"……"

沉默蔓延。我家、鹰城家,及整个市镇的上空,大雪霏霏而降。

过了一会儿,话筒另一端才传来答复。

"对,没错。"

我不禁眼眶发热。

为人父母者,真的会不惜做到这种程度吗?也许,不是每个人都会这样。但对老师而言,此举不知会令他感到多么羞耻,多么窝囊,多么痛苦。

"我从别处听说,是教育委员会不良刊物黑名单上的书流入了镇上书店。他们担心妨碍书店营业,不便声张,可是本乡老师不想让学生误买,所以发售当天自掏腰包到处搜购。"

"这样啊,"鹰城顿时炸开似的嗓音一亮,"大概是要拿去集中烧掉。"

"应该吧……"

咻咻的笑声接着传来。

"不过,烧掉之前,老师八成还是会偷看。"

我握紧话筒。

笨蛋,我暗想。同时,我也无力再继续回应没有丝毫恶意的鹰城了。

我只说了声"拜拜"就挂断了电话。

18

大雪下了一整天,终于在我入睡时止歇。

周遭已是一个美丽的银白世界。

今天是星期日,全家都在睡懒觉。

我无所事事地起了个大早。

给大马克杯倒进热腾腾的牛奶,表面宛如轻轻掀起一层层薄幕,蒸气袅袅攀升。喝完后,我走出屋外。

路面压根看不出昨天铲雪的痕迹,大雪均匀地填平一切。老天爷真有本事,我赞叹着,心情舒坦许多。

随风飘来的雪花附在水泥电线杆的一侧。我朝隔壁家厨房的凸窗看去,侧框上沾着的雪略有滑落,画面看上去就像是被胶水固定的稍微脱落的白板。

驶离的车痕碾出两条小路,我沿着右侧前进。在本地很少能看见这么深的积雪。

印象中,我小时候见过这样的风景。

对了,是我曾冒雪同父亲去邮局那次。

邮局还在正常营运,所以那天不是假日。大概是碰上年初的假期,父亲才会在家。但到底去做什么了,当时我还太小,毫无印象,也不明究竟。

父亲坐在椅子上等待叫号时,我在远处盯着墙上海报之类的装饰品。不久,父亲向我招手,指着旁边说:"你试试。"

我满怀好奇地走近坐下,父亲开口:"会摇哦。"

邮局位于国道旁边,我家则在远离主干道的住宅区,往来车辆不多,鲜少受噪声干扰。而且幸运的是,也很少有大卡车从我家旁边快速驶过。但国道旁并非如此,不停呼啸而过的车声,混杂着雪链不时摩擦路面的刺耳噪声,几乎没有片刻安宁。

我困惑地歪头,于是父亲解释:"刚刚大车经过时,椅子摇摇晃晃的。"

可是，接下来的一段时间椅子都没再摇晃了。我盯着红雨鞋尖上的残雪，忐忑地想，万一一会儿叫到我们，我不得不站起来该怎么办。此刻，一个类似城堡的庞然大物正步步逼近，传来某种沉重的声响。

当它掠过我背后时，椅子微微摇晃。

我猛然抬头，高兴地对父亲说："真的耶！"

如今，我漫无目的地走着，突然间，"嗖"的一声，天空隆隆作响。我吓了一大跳，抬头发现前方的电线在轻轻晃动。原来是积雪落下的反作用力，使电线像鞭子一样反弹，切割着空气。

仰望天空，一片水蓝，令人惊叹。薄云静静飘过，现在还不到早上八点，空气干净，某处有麻雀啁啾。

绕过工厂围墙就到了河边。风景豁然开朗，在晨光下熠熠生辉。

堤岸本该长满冬季的枯草，现在却完全被积雪包覆，只有河畔一带的柔软"白裙"边透着些许叶尖泛黄的绿意。靠近远处大桥的地方，偶尔会有鸭子游过，但今天不见踪影。因为冬天水量减少，这条河露出了大片沙洲。当然，那里也是一片莹白，小狗活泼奔跑的脚印在上面画着"8"字。

虽然披着围巾和大外套，一副邋遢的模样，不过，我确信不会遇见什么人，便直接穿上雨靴出门。简单地说，穿得和我铲雪时一样。

阳光映在雪面闪闪发亮，恍若洒落的碎玻璃。天气晴朗，雪应该会融化得很快。大人肯定很高兴，小朋友大概会非常失望。

平时驾驶员总爱钻这条明明很窄的河边道路，今天总算不用避让了。

我沿着河边的弧形路线缓缓前行，发现有个男人驻足于去年因故被砍除的樱树遗迹。

小时候，河对岸是一望无垠的田地。现在，接近车站的那边盖起了连绵的住宅，其中甚至有三层楼房。那个男人的对面恰巧是那排建筑物的尽头。

他身穿厚重的灰大衣远眺对岸，银白色的尽头空无一物。

我仿佛见过这个身影。某个傍晚，我曾骑车经过一个凝视河川的侧影，只是当时并没有意识到他是谁。

大雪后的早上，那个人悄然伫立。

我默默往前走，又笨拙地回头，站在他的斜后方唤道："本乡老师……"

呼出的气息染白了空气。对方转头，那是一张颧骨突出的脸，双眼炯炯有神。

我报上姓名，自称是老师任教学校的毕业生。不过，是在老师赴任之前。

"您在想俳句吗？"

老师的语气有些惊讶："不是。"

"我家隔壁的老奶奶一直在您指导的班里学俳句。她姓小町。"

老师恍然大悟:"这样啊,你是小町太太的邻居……"

"听她提起您作的那首《山眠》,恕我冒昧说一句,读起来觉得很荒凉。您真的决定停笔了吗?"

老师没有回答,过一会儿才开口:"你是在这镇上出生的吧?"

"嗯。"

"我老家在长野,无论往哪儿看都看得到山。"

"……那肯定很冷。"

"当然。这里住起来比较舒服,却看不到半座山,一马平川,感觉没有什么东西可以守护自己,怪不安心的。"

我想象着那幻景中的连绵山脉,问道:"《山眠》描述的是被大雪覆盖的情景吗?"

本乡老师半好奇、半有趣地看着我这个追究这种事的小女孩,说道:"从常识上讲,它指的是无风无雪的祥和山岭,沐浴在冬日的阳光下,悠然长眠。但,写那首俳句时,我的脑海瞬间浮现的却是被绵绵雪花包覆的群山。"

"是您故乡的山吗?"

"不。那里的山,每座都很陡峭。一旦下雪,险峻的青色棱线就显得格外清晰。即使被银白色掩盖,也会留下如刀刻出的阴影。学生时代,我的好友就死在山中。"

我默默倾听。

"接到消息后,我立刻赶往山中小屋,在铺着木地板的房间里度过了无眠的一夜。隔天一早,"老师抬起眼,"就是这样的万里晴空。我走到屋外,仰望耸立的山脉。我啊,从未亲眼见过像当时的雪山那般美丽的景物。真是不可思议,大自然明明夺走了人的生命,为何还能如此美丽。"

对岸,隐约有电车从远处驶过,声音穿过寂然的雪原。

待四周恢复静谧,老师开口:"你该不会和美纱念的是同一所幼儿园吧?"

老师记得我吗?还是纯属猜测?我给出肯定的回答。

"你跟美纱要好吗?"

"不。初中毕业后,我们快七年没见面了。"

老师的语调不变,眼神却飘向远方。

"你们上初中时,有个姓伊原的男同学吧。"

我一惊。前年秋天,我在放学回家的夜路上与伊原重逢。当时,他用摩托车载了我一段路,我就坐在后座上,与他只隔着微乎其微的距离。他不顾夜风寒冷,敞着印花衬衫的前襟,头发则染成玉米须的颜色,看起来有些孤独。

"对。"

"他是个怎样的孩子？"

"很擅长玩单杠，体育课前还会表演大车轮给我们看。"

一阵沉默。我再补上一句："他本性很善良。"

"是吗？"

话题没再继续。伊原和美纱之间发生过什么吗？老师那时又有何反应？这些他都没有再透露。

并非一切真相大白后，问题都能获得解决。

老师大概觉得聊得差不多了，便轻轻点头，准备离去。

不知为何，我忽然觉得不能就这样算了。回过神时，我已朝那高大的背影说出："听说，冬天山上会积雪是有道理的。春天来临时，新生的草木会发芽。大自然为迎接那一天的到来，要储备生命之水。"

老师转身定睛注视着我。我浑身僵硬，交握着戴手套的双手，试图放松，并接着说："幼小的嫩芽需要水，于是春天的阳光便一点一滴融化积雪。白雪化为水流淌，滋润着大地……"

我渐渐感到喘不过气。

"对不起，我不太会表达心底的想法。"

老师点了点头，轻微得令人几乎难以察觉。然后，像鼓励卖力的孩子似的，用安慰的口吻对我说："谢谢你。"

我也望着他,风倏然吹过。
老师缓缓地,沿着雪白的道路渐行渐远。

关于俳句，承蒙深津健司先生、泷本正史先生赐教。此外，《吊颈上人》写的是寂真，而《内记上人》是指寂心的事，则承蒙石川哲也先生相告。在此谨致谢意。

奔来之物

1

不论古今，几乎没有人能够顺利从事自己理想的工作，而我何其幸运。

听我这么咕哝，坐在旁边的天城小姐嫣然一笑。

"出版社虽然有知名度，但池小水浅，要加入非常困难。就像从一束荞麦凉面中……"她模仿算命师摇晃竹签的手势，当然，她指的是煮熟前的荞麦面，"闭眼抽出有红色标记的那根一样困难。"

这个比喻果然很有天城小姐的风格，我心想。对面娃娃脸的饭山先生特意站起身，隔着堆积如山的书说："咦，这里讲的应该是素面吧？"

"是荞麦面。"

天城小姐斩钉截铁地顶回去。饭山先生侧着脑袋，上下比画着夹起面条送到嘴里的动作，疑惑道："是这样的吗？"

不管怎么说，我是抽中了有红色标记的那根面条的人,已成为三崎书房的员工。

我们的出版物可分成三类:战前一脉相承的作家全集、单行本,及不定期出版的"三崎书房选集"。饭山先生主要负责"三崎书房选集"。

我加入后接触的第一本书就是选集中与达尔文有关的一册。我只负责协助饭山先生,但有幸从该书作者口中听闻种种故事。

据说,早在孟德尔遗传定律尚不为人知时,这位《物种起源》的著者便已察觉到那样的规律。而且,他很遗憾自己缺乏数学知识,否则就能把模糊感觉到的东西系统地整理出来。天才确实了不起。

到二十一世纪,达尔文诞辰将满两百年。作者建议"现在就要开始准备了,出版社应该关注达尔文"。

之后,我又做了几本选集,每本的内容大有差异,查资料非常辛苦。

"是荞麦凉面。"

天城小姐竖起手指,再次强调。

"笨蛋!"

发话的是颇有剑客气质的榊原先生。他以前便不修边幅,最近似乎有变本加厉的趋势。根据小道消息,冬天时,他甚至在睡衣外直接套上毛衣和长裤就来上班。

"这种事无所谓吧。"

不过,他在工作方面成绩斐然。虽然他一副要和全世界作对的表情，大口猛灌日本酒的姿态像极了浪人，但人不可貌相。他不只精通英文，还能说一口流利的法语，读起德语也毫不费劲。这样的榊原先生，经手的书果然本本畅销。

以往我纯粹站在消费者的立场，不明白所谓的畅销书对出版社而言是多么难得，直到我进入这行才第一次切身体会到这点。

此外，我也了解到越是畅销书就越难判断该印多少本，该何时停印。

"如果抓错了时间点，即使做出畅销书，也会赔钱。"

听天城小姐这么说，我感到很不可思议。但就像文化祭时，得意忘形地采购了太多蛋糕，过了下午四点要收摊了，却剩一大堆卖不出去，这样一想，就能明白那种情形有多棘手了。

不过，榊原先生替出版社赚了那么多钱，却没分到多少，令我有点意外。不会喝酒的我似乎还能扮演个不碍事的花瓶，有时也会被带去喝酒，这时候谈起"功勋"应该没人会不高兴，于是我向榊原先生提起此事。

谁知道——

"喂，你给我坐下！"

啊，我大吃一惊。好可怕。那是吃炉边烧烤的店，所以我乖乖在榻榻米上跪坐。

"告诉你,出版业没有'赚钱'这回事。"

"哦。"

那不怕经营不下去吗?

"就算有利润,也没办法真正赚到钱。"

我把文字放在天平上衡量:"也就是说,即使有很多钱进账,结果其他地方相对亏损……是这个意思吗?"

榊原先生努了努到了傍晚胡楂益发浓密的下巴。

"笨、蛋!这丫头简直没救了。"

结果我被鄙视了。

"哦。"

"哦什么哦,你这是本末倒置。"

他啪啪拍打自己的脸,看着就很痛。

"本末倒置?"

作为"监护人"跟来的天城小姐莞尔一笑,好心说明,以免我被欺负得更惨。

"很多书哪怕你知道会赔钱,还是会坚持把它们做出来。出版这行,亏钱是常态。赚钱是为了平衡滞销书的亏损,不是为了员工,你明白了吗?当你赚到一亿,第一反应却是'啊,终于能放心地亏这么多钱了'时,你才算成为一名真正的出版人。"

嗯,这算是入职教育吧。听她这么说,我"高兴"得脊背发凉。

2

独立策划书籍的机会来得出乎意料地早。

我读到某文艺杂志连载的现代诗评论专栏，写得非常有意思。作者是一位新锐评论家，下笔带有适度的散文风格，能让读者轻松阅读，还愉快地传达了众多诗人的优点与特质。

然而，连载结束后一直没见有结集成册的动静。现代诗本来就不是什么有销路的领域，内容冷门，加上作者的知名度不高，才会至今仍无缘出版吧。

我不清楚别家出版社的情况，但三崎书房的社长是与员工坐在同一间办公室并肩工作的。开策划会时，我这样初出茅庐的菜鸟也能忝居末席。也就是说，员工全体参加。

入社一段时间后，我虽然感觉惶恐，但还是逐渐斗胆提出意见。当时，会议结束，有人问起"有没有什么策划案"。我立刻想起那个连载的评论专栏，它不仅可以作为现代诗入门指南，也能帮助本就熟悉该领域的读者获得更深入的领会，没出版成书十分可惜。于是，我战战兢兢地提议，居然瞎猫碰上死耗子，顺利通过。当主编通读完全稿，要我"试试看"时，我就像中了彩票大奖般（虽然我还没中过奖），当场愣住。

与作者通话后得知尚无出版计划时，说来抱歉，我着实松了口气。

"若不嫌弃，能否交由敝社出版？"

听我这么提议，电话另一端洋溢出喜悦的气氛。

后续的一系列工作至今仍历历在目。当初那本杂志的编辑，态度也充满善意。

"真是太好了，那就麻烦贵社了。"

我去拜访杂志社时，和海象一样大块头、圆脑袋的资深编辑在接待我这个新手时，还像拜托别人照顾刚找到工作的自家孩子般鞠躬行礼，令我惶恐不已，感觉肩头落下了重担。

书名起得简单明了，就叫《现代诗人》。

思考封面的设计也比给自己挑衣服要愉快数倍。我和作者各列举出几个理想人选，凑巧其中有位画家在新桥某画廊开个展，我也去看过。最后，封面确定了水彩画风，成品相当雅致。

而让我绞尽脑汁的，是腰封上的宣传文案。内容由责编拟稿，但无论怎么写，我都觉得不够好。经历一番苦思，我提交了最初写的那句"以文字演奏，以文字描绘"，因为书中用音乐和绘画来比喻、评论诗歌。

主编说太弱了，我又在这句话下加上"纵谈现代诗与诗人的魅力"作为说明，腰封背面再添上《后记》的摘要，才算勉强过关。随着时间流逝，我不禁反省，这些文案并没有传达出书籍所谈论的文字可怕的那一面。

幸好，书封设计弥补了我的不足。设计者运用不突兀却抢眼的特殊字体编排了这句"以文字演奏，以文字描绘"，极大提升了这本书的吸引力。每每看到此书，我总忍不住想拿起——这或许就是为人父母的痴心吧。

一栋建筑在完工前，必须经历凿子与锤子的大量敲打。此外，施工者还要应付各式各样的状况，如果总想着"说不定能这样做"，就很容易忙个没完。我曾在书上读到某工匠说"判断该在哪儿停手是最难的"，这话对极了。这里面有经费的问题，也有时限的压力。而我就像一步又一步地往上爬楼梯，总算熬到校稿完毕。

我拿到要先送给作者过目的十本样书时非常兴奋，不料翻开检查时，却对其中两册不太满意。目录中连接章节名和页码的线条没印清楚，像摩尔斯电码的间隔一样断断续续。

"这种情况也是难免的。"

饭山先生不当回事地说。其实，若不凝神注视，根本看不出来。但在心疼自家孩子的"痴心父母"眼里，它看起来就像孩子的衣服纽扣零星掉落，前襟敞开。当然，我连婚都没结，更别提当父母，讲这种话似乎有些奇怪。

我默默把那两本塞到整摞书的底部，然后去作者家拜访。那是一年前，某个晴朗和煦的春日。

3

出于职业的关系,我们每天都会在办公室里聊书的话题。有一天,谈到了弗兰克·R.斯托克顿[1]的《美女还是老虎》。

在所有的文学体裁中,小说是最自由的形式,变化无限。其中有一类被称为谜题小说(riddle story),特点是缺少起承转合的"合"。不过,这当然不是半途而废的意思,否则就失去意义了,而是将结局交给读者决定,所以必有妙趣。《美女还是老虎》就是这类小说的代表作。

我是在一本美国短篇小说选里看到这个故事的,但听大家的说法,它似乎也曾被刊登在杂志上,收入短篇文学全集,或被当作英语教材,甚至被改编成剧本,非常有名。

很久以前,某个国家用"美女还是老虎"的方法取代审判。被告被带上竞技场时,得在眼前的两扇门中选择一扇打开。一个背后是猛虎,另一个背后有美女等候,审判交由命运定夺。如果错选了老虎,下场不言而喻。

相反,如果选的是另一扇门,便能获救。这表示上天宣判无罪,被告不仅不会死,还能抱得美人归。但是,无论愿不愿意都要和她结婚。

---

[1] 弗兰克·R.斯托克顿(Frank Richard Stockton, 1834—1902),美国小说家。

有一名俊美的青年和公主坠入情网，然而，平民不得与皇族相恋，青年因此被拖上竞技场。环顾四周，他看见公主也出席了审判。以她的身份地位，一定知道哪个才是"正确答案"。事实上，公主的确知道"美女"在哪扇门后，也很清楚那个"美女"很早以前便不知检点地朝心爱的男子频送秋波。

在男子恳求的目光中，公主提示了其中一扇门。男子打开。

——这就是故事概要。

也就是说，公主示意的究竟是"老虎"还是"美女"，就是留在读者心头的问题。

当然了，提到这个故事时，在场的女性不免会被问起："如果是你，会告诉他哪一个？"

我回答饭山先生："那肯定不可能让他去开老虎那扇门。"

天城小姐说："那样会有罪恶感，要看对方是否值得你背负'杀人'的十字架。故事里的青年不过是外表好看，似乎并不是什么出类拔萃的人物。"

"那对公主来说算是个主观问题吧，但前提是，她在心底深爱着他。"

"是的。可是换成我，也会让他打开美女那扇门。"

"为什么？"

"他和美女结婚也没关系，因为这一切都是由外部因素导致的，事后还能挽救。如果真的无法挽救了，那就到时候再看看办。"

"你想怎样？"

天城小姐浅浅一笑："当然是复仇。"

饭山先生语带戏谑："好恐怖！"

虽然不是什么正经的讨论，我还是认真在思考。

"不过，我光是听到他'必须结婚'便难以接受，他那样做不就等于是变心吗？"

"即使他是被迫的？"饭山先生问。

"对，因为他答应了。"

"好严格啊。"

"总而言之，如果男子和美女步入幸福的婚姻生活，那就等同于'背叛'。所以，这个故事的重点其实是在能否原谅这种背叛吧。"

饭山先生不满地回道："如果她提示的是'老虎'，不也等于背叛了男子的期待？"

"……不对吧。"

天城小姐的眼镜闪着光，尖锐地反驳："示意他打开'美女'那扇门才是背叛。"

我啪地两手一拍，恍然大悟："'期待'公主暗示他答案，就是一种背叛。"

饭山先生双手抱头："这岂不更严格。"

"我认为，他不应该望着公主。这样做无非是给她强加负担。"

天城小姐也附和:"没错。反过来说,只有不看公主提示的男子,才有资格成为公主苦恼'该暗示哪扇门'的对象。"

饭山先生瞪大了双眼。

"如果他想获得公主的提示,就不做考虑了?"

"对,那就不管他的死活。"

"让你们说到这种地步简直里外不是人。"饭山先生转向我,"假如换作是你被迫站在两扇门前呢?你男友要是知道答案,你也会忍不住盯着他吧?"

我不得不点头:"难免会情不自禁。"

"然后,依照他的提示开门后,出现的却是老虎,你会怎么想?"

我回答:"肯定气死了。"

4

这都是职场的茶余闲话。

傍晚,到了下班时间,我的工作也告一段落,天城小姐邀我一起去下一站的饭田桥。她要到附近的编辑工作室送东西,顺便取件。虽然也可以请对方拿来社里,但她说"出门走走吧,顺便告诉你哪边有好吃的餐厅"。我二话不说,欣然奉陪。

自从我加入后,三崎书房已经两年没有纳新了,应该不是被我吓到的吧。多雇一名员工，在经济上似乎负担很大。因此，很多工作出版社都会发给外编。

当然，在策划、选书等方面，出版社仍然掌握着主导权。至于制作上的实务，如润色校对及编纂原稿成书，则委托外面的公司以节省费用。

我以前总以为出书的每个环节都由出版社负责，进来后才知道外包的编辑工作室还不少。三崎书房经常合作的这家位于饭田桥一条坡道上的大楼三楼，我造访过几次。仅有的两个员工都是女性，或许在今天这一点不稀奇。

离开大型出版社、创立这间工作室的赤堀小姐，年约三十五，眼睛和嘴巴都很大，五官深邃，身材修长。这么形容也许很怪，但她给人的感觉，就像做黏土人偶时捏住肩膀和腿开始拉长，再稍稍拉拉脖子，非常苗条。

她总打扮得休闲而不失时髦。今天她一身初夏款短袖衬衫，如居家般闲适自在，却不令人反感。大概是因为散发光泽、布质柔软的酒红色看起来十分高雅。高领上衣最上面一颗扣子是解开的，露出脖颈。长裤则是近似珍珠白、几乎与墙壁色调融为一体的象牙白。

她从电脑前起身，背着手与天城小姐谈话，情景宛若一幅画。比起三崎书房，她们的办公室整理得格外干净。天城小姐交给她一本作者珍藏的羊皮纸精装原书当作校正的参考资料，然后取到对方润色过的稿件，完成交接。

至于天城小姐提到的美味餐厅，就在不远处。店名为"Flacon de parfum"，是家法国餐厅。

墙上挂得满满的小画框镶嵌着风景及人物素描，几扇凸窗边则装饰有可爱的玻璃瓶。

我们的座位旁放着三个阿拉伯式的瓶子。其中两瓶矮胖浑圆，瓶塞的形状像熊熊燃烧的火焰。剩下的那瓶很高，肚子凹了一圈。色调皆以蓝、紫为主，瓶身处点缀着金漆，手工雕刻的线条勾勒出花与叶。

"这些是什么？"

"Flacon de parfum."

"啊？"

"香水瓶。"

"原来如此。"

我只想到，因为是法国餐厅，所以店名用法语，没想到提示就摆在眼前。

真是的，榊原先生在场的话，八成又要削我一顿。

来点菜的女服务生告诉我这是塞浦路斯的产品。

"那边是意大利的。"

她指着邻窗说。不知道是由于文化差异，还是制造商的风格所致，两者截然不同。那边的瓶子形状简单，不过，瓶身表面被金色的直线分割成几个色块，宛若小型彩绘玻璃，缤纷美丽。这样细看，我逐渐理解为什么会有人想收藏它。

我浏览菜单。可以点一道主菜再加上汤、迷你沙拉、米饭，不点套餐也没关系。

"太好了。"

"价格公道吧？"

"不光是这个原因，主要还是因为套餐吃不了多少就撑了，有些浪费。"

"就像香水瓶装不下一升的酒？"

"承蒙你这么形容，听起来好可爱。"

"出国一看，我才发现连小朋友都食量惊人。"

"对啊，他们的胃该不会和我们的不一样吧。"

在《说谎村》这个落语段子里，自称说谎大师的男子要前往吹牛大王住的村子挑战，可是，在对方出来前，男子就遭到了对方孩子的戏弄，最后落荒而逃。想来，毕竟居住的世界不一样。像我们这种吃茶泡饭、饮食清淡的国民，和那边的人终究没法比。

"在日本，长崎县民也有大胃王之称。"

"哦。"

今晚的主厨推荐据说是炖猪脚，听起来不像源自法国，倒像《西游记》中会出现的菜。但我还是点了这道。

"请问餐前酒要喝什么？"

天城小姐选择的是基尔酒。虽然我在小说里见过这个名词，但不太清楚它究竟是什么，等店员离开后，我忍不住询问。天城小姐不当回事地应道："就是白葡萄酒加上些许Crème de Cassis。"

"Cassis是醋栗吗？"

"对，黑醋栗喝起来很顺口。对了，刚才讲到长崎吧。"

她言归正传。

"是。"

"坂口安吾也在文章里提过。江户时代，长崎不是发生过宗教镇压吗？但他翻阅记录时，发现一件怪事。遭受严刑拷打都不屈服的居民，竟然因食物太少倒戈投降。然而，在战后粮食短缺的时代，那算是普通的分量，他实在无法释怀。之后，他前往长崎，叫了份当地特色的长崎炒面，没想到分量满到像装在'洗脸盆'。他正疑惑着面怎么会多到吃不完时，店里陆续进来的女学生和亲子档（也就是妇女和小孩）却像享用'下午茶的一小片蜂蜜蛋糕'一样，把那份特大号炒面一扫而光，转眼便起身离开。安吾拍了把膝盖，恍然大悟：我明白啦！"

"哈哈。"

"他不由得感叹，原来如此，历史考证确实很难，而填饱肚子正是'和平的根本条件'。"

"这个我同意。"

"不过，在长崎人心目中，饿肚子比严刑拷打更痛苦这点，就不知是真是假了。"

那当然。故事本身虽然有趣，但不可能全县每个人都是大胃王。要是去参加长崎县同乡会，在席间讲出这种话，八成会遭到围剿，被骂得满头包。

基尔酒被盛在高脚杯中送来。颜色像略经稀释的红茶，喝起来冰冰凉凉的，十分美味。我贪嘴多喝了几口，没想到它的后劲出乎意料地强，脑袋上的头箍仿佛在眉间轻轻松脱。

"提到严刑拷打、倒戈投降，和之前的故事还挺相似的。"

"你是指《美女还是老虎》？"

"对。"

"这么一说，的确是。"

"故事中的两人还处于恋爱关系，如果一方在外力作用下倒戈，接受别的女人，就叫背叛吧。"

天城小姐含着基尔酒点头，我继续道："那么，纯粹的变心呢？"

"你的意思是，那样算不算背叛？"

"嗯。"

"在仍然心存爱恋的那方眼中，应该算吧。"

此时，迷你沙拉和汤端上了桌。

"可如果是两人同时变心，也就是说，双方都已厌倦……"

见我还在斟酌措辞，天城小姐接过话："那叫作正中下怀。"

我不禁笑开:"是啊,同一事态的评价却大相径庭。"

"所以,这才称得上难题。"

"情况会随立场改变。"

"虽然现在我们能一视同仁地从心理的角度来谈论所谓的立场,但在过去,男女的立场根本不一样。"

"你是指经济方面?"

"对。未婚的人越来越多,是因为女性逐渐拥有了经济能力,我这么说没错吧。女性不再靠男性养活,况且结婚对女性而言弊大于利,这样太不公平。于是,女性会产生'即使心甘情愿,我也不想做不合理的事'的心理,遵循理性。"

我认为"即使心甘情愿"这点,相当耐人寻味。不过站在我的立场,还是希望能邂逅让自己"心甘情愿"的人。

"不是有紫夫人这样的人物吗?"

突然间,话题一转。我没想到会提到《源氏物语》。

"哦。"

"古典文学中有两大'略微',其中之一就用在她身上。"

5

炖猪脚上桌,看起来颇为油腻。这种菜分量再多一点,我恐怕就吃不消了。

"那是什么意思?"

"古典文学中,有两处'略微'让我觉得用得非常'厉害'。说起来,紫夫人还在上小学、穿着米老鼠卡通睡衣睡觉时,就被念高中的源氏给掳走了。从此,她眼里只有他一人。小紫很有品位,也很聪明。虽然只是小学生,但非常黠慧,和高中生大哥哥谈恋爱也不是不可能。她就像一块干燥的海绵,不停吸收对方的一言一语渐渐成长。这样当然可爱。后来,身为花花公子的源氏步入中年。紫夫人想,这时候的男人算是人近黄昏了,可以不必担心他再拈花惹草。没想到这个时候,源氏的正妻突然冒出来。"

"是三公主吧。"

"对。葵夫人逝世后,源氏一直没有续弦。在紫夫人心中,那代表着源氏的诚意吧。不管他有多少女人,只要想到这件事,她便能原谅他。她非常清楚,当初自己是穿着一身睡衣来到源氏身边的,不可能成为正妻。然而,别的女人当不上正妻,是因为有她在……她原本都是如此自我安慰的,没想到却在人生的最后遭到背叛。"

"古时候的中年人,差不多就是现在的老爷爷、老奶奶了。"

"对,难怪源氏会答应这桩婚事。人生如槁木死灰之际,忽然有个初中年纪的女生问他愿不愿意跟她结婚。"

"即使表面上迟疑,内心肯定也极为兴奋。"

"否则他就不会答应了。"

"这同样令人很生气。"

"站在女人的立场,真的很想对他破口大骂'你知不知道你在做什么啊'。"

天城小姐拿着餐刀,用力扎进猪脚。

"喜欢年轻少女,不仅仅是中年男性的返祖偏好吧。源氏曾成功养育了小紫,从这个角度来看,他估计渴望'再次重温旧梦吧'。但他没想到三公主不是他所期待的那种类型。更重要的是,他俩之间有一个根本上的差异,但置身于时间洪流中的源氏没能认清这点。换句话说,小学生和高中生或许还谈得来,但初中生和中年大叔的世界可有着天壤之别。"

我思索了一下:"就像是想装年轻,聊的却是披头士?"

天城小姐扑哧一笑。

"可能有些夸张,不过基本上就是那样。当意识到自己错得离谱的源氏向紫夫人道歉时,已于事无补。人心是很复杂的,无法再契合相通,也无法重拾旧爱。在这里,作者以'恍若无事'来形容紫夫人。"

"恍若无事"如果相当于现在的"冷淡无情",书中应该不会写"可是,恍若无事"。那么,它在古代是什么意思?我忐忑地想。

"就是说'表面上佯装毫不在意'。"

"哦。"

"被请出去的源氏在和三公主共枕时梦见了紫夫人,于是,他冒着大雪回到紫夫人的住处。咚咚咚,他拼命敲门,可是忠于女主人的侍女假装没听见,怎么都不肯放他入内,罚他吃闭门羹。好不容易进屋后,他走到她身边,掀开被子,赫然发现被子是湿的,原来她在哭。这段描述也令人印象深刻。外表不轻易显露情绪的人,落下的泪水格外打动人心。"

天城小姐眨眨眼,继续道:"我啊,读到这里时忽然想到'紫夫人似乎一辈子都在泪水之间度过'。"

"泪水之间?"

"对,第一滴是'小紫'的泪水。初登场时,她还十分年幼,没察觉到源氏在偷看她,低喃着'小麻雀逃走了',伤心欲绝地啜泣。"

"啊……"

这是故事里有名的一幕,高中时老师教过原文。

由于"麻雀飞走了"的失落感,她当场痛哭,双颊揉得通红。

"那是她流下的'孩童'之泪。然而,偷窥的源氏却把小紫当成'女人'看待。如果那一幕没有被源氏觑见,它其实只不过是她人生中一个微不足道的瞬间。"

"是啊。"

"可是,这个男人就这样将她的一生定形。从这个角度看来,这滴泪水或许就是她一生的括弧之始吧?"

"是。"

"而沾湿被子的泪水,则是代表结束的另一边括弧。男人,已经被隔离在括弧之外。原本深居春霞山的小紫,在飘着冬雪的世界里变成了紫夫人。随着时光一同失去的不是小麻雀,而是她再也不能尽情地放声而哭了,这就是成年人的泪水。"

"……无论哪一种她都不是刻意去展现的,不过是凑巧被源氏撞见而已。"

"是的。"

"离开括弧,她的人生就结束了吗?"

"所以,她才想出家当尼姑吧。不过,那一刻,画上括弧前的那段透明的童年时光,或许会蓦然浮现心头。那是一段没有爱的束缚,也没有背叛,无牵无挂的岁月。"

眼前的天城小姐,仿佛正透过彩色玻璃窗眺望外面明亮的世界。

6

男女之爱,很麻烦,也很辛苦。不过,如果这种麻烦事完全没有发生,也会令人焦虑不安。真是让人无话可说。

重读漱石老师的《我是猫》,第一章有这么一节:

> 某日,按惯例吾辈与小黑躺在温暖的茶几下闲聊,他又旧调重弹地吹嘘老掉牙的光荣历史,之后向吾辈提出这样的问题:"你到目前为止抓过几只老鼠?"虽然吾辈自认知识较小黑多许多,可是说到腕力与勇气,早有自知之明,终究无法与小黑相比,只是面对这个问题时,仍不免吞吞吐吐。然而事实就是事实,总不能骗人,因此吾辈回答"其实我一直想抓,但至今尚未捕获"。

以前看这本书时,我大概会草草翻过此段,不以为意,如今,我完全能体会"吾辈"的心情。

对了,讲到我家的大事,姐姐已在前年结婚。

对象是我曾接听过电话的那位鹤见先生。两人在农历十月的良辰吉日行礼成婚,接着便去南方热带岛屿蜜月旅行。然后,除了麻袋装的咖啡和木雕人偶之类一看就像纪念品的东西以外,他们还带了别的回来——以塑料瓶收集的当地海水,每瓶足足两升,分量挺多的。小两口将其中一瓶带回家里送给我。

"你喜欢这种东西吧。"

不愧是我姐,能准确拿捏妹妹的喜好。虽然它的外表只是普通的水,但一想到它远从南十字星闪耀的天际空运而来,便觉得格外珍贵。我定睛凝视,问道:"这是在什么地方取的?岩岸?沙滩?"

"是浅滩。放眼望去尽是翡翠蓝的海水,还有热带鱼在脚边嬉游。"

还真像蜜月旅行会去的地方,我忍不住想吐槽。

不过,海水放久了也会变质吧,我不禁担心。此时,姐夫突然说话:"做成盐就好。"

我茅塞顿开。等他们返回爱巢后,我把海水倒进热牛奶用的小锅熬煮。水中大概确实含有大量盐分,煮到最后变得很浓稠。我在杯口架上咖啡滤纸,将海水一点一点地注入,耐心等待,过程犹如做理科实验,非常有趣。尽管是临时起意,但结果证明这个决定非常正确。滤纸上留下的白色结晶,干燥后变成了漂亮的盐。

我和姐姐通话,得知他俩的方法是将海水煮沸熬干后,拿到太阳下晒。据说成品摸起来刺刺粗粗的,没变成粉末。

"过滤一次似乎效果会比较好,我制成的盐看起来比售卖的盐更细。"

我总觉得它很像某种东西,但一时讲不出所以然,所以只能形容道:"虽然没见过,可是感觉很像大麻。"

姐姐嗤之以鼻。

"又没看过,亏你也敢说。"

"人是有想象力的嘛。这么一说,我不禁开始联想,要是把大麻溶在水中,或许能夹带过关。"

话题越聊越危险。

"所以说,你的盐非常细密?"

"嗯。"

"难道是我的混有杂质吗?"

"嗯,滤过的水也是白色的。"

"味道呢?"

"当然是咸味。"

"我的很苦。"

"啊,这么看,你滤出的是卤水。"

放下话筒后,我翻阅《广辞苑》。没错,字典上对"卤水"的解释是"熬煮海水制盐后剩下的母液",也就是生出盐这个孩子的母亲,据说也称为"苦盐、苦卤"。嗯,妈妈真是了不起。

这时,我忽然想到质地细密的盐像什么了。

不是大麻,是龙角散,我不禁露出微笑。我对这种药粉有记忆。小时候,听父亲边服药边喊"好苦"时,我便立即拿小汤匙舀一勺,说着"我敢吃"便放进口中,只为得到夸奖。孩子就是这样,你永远猜不到他们会有什么意外的举动。至于最后我是什么下场，就请大家自行想象吧。如今，这段回忆已成了微微苦涩的往事。

当然，结婚之后孕育的可不仅有盐。去年秋天，姐姐、姐夫迎来了爱情的结晶，我也当上了阿姨。

这个呱呱坠地的小女孩，有双和姐姐一样的大眼睛，非常可爱。我在医院第一次见到她时，正好看到护士抱着她从新生儿室来到姐姐的床边。据说，婴儿最好从第一天起就依偎在母亲怀里吸奶。

"她在瞪人呢。"

姐姐轻轻挑眉，开心地说。这个眼睛都还看不见的稚嫩婴儿居然能给人带来这种印象，我产生了一种强烈的预感，这个小生命一定极有个性。

我家后继有人，当然是喜事，但一想到孩子的妈妈是我从小就熟悉的姐姐，我还是会感到不可思议。

见宝宝仰身哭泣，我试着去抱她，把手绕到她软绵绵的背部，哄着"没事、没事"。她怯生生地颤动双唇，哭声不久便停止了，真是个听话的乖孩子。

姐姐姐夫回娘家时，我又见到了宝宝。小外甥女仿佛喝下了什么神奇国度的药水，长得飞快。

姐姐和我相差五岁，"顺利"的话，五年后我也会抱着自己的小宝宝吧。但是，我太忙了，每天往返于家和出版社之间，连碰上麻烦的机会都付之阙如。身为姨辈的人，我多多少少感受到一点焦虑。

好了，言归正传。

"嗯……所以，你之前提到的'略微'是什么意思？"

7

"啊，差点忘了。源氏把三公主迎回大宅。新婚嘛，前三晚去新妻子那里过夜是义务。可是，源氏已兴趣缺缺。他后悔自己做了无聊的傻事，于是向紫夫人辩解说只有今晚，请谅解云云，其实自己真正喜欢的是她。之后，便出现了那句话。"

我听得兴味盎然。故事继续。

"书上写着，源氏心烦意乱颇为痛苦，而替新郎打点种种细节的紫夫人则回应道'我可不知道怎么办'。就在这句话前，作者是这么描述她的——'略微，露出微笑'。"

我不由得放下刀叉，拿出比对待食物更加倍的努力来咀嚼文字，忍不住感叹道："真是太厉害了！"

不过，比起"微笑"，"略微"似乎更加传神。那是望见虚无的"略微"，带着看透一切已然结束的"客观"，连微笑的自己也能从天上冷眼旁观的"略微"。

"我认为，源氏心里毕竟还是喜欢紫夫人，所以印象特别深刻。"

我萌生疑问:"天城小姐当初读的是古文吗?"

"基本上是的,趁着高中放暑假的空当。"

我不禁叹息:"就是有你们这种人。"

她居然还是法语系毕业的,害我这个本科生无地自容。当时,我可是好不容易才勉强读完现代语改写版。虽然想过至少《新菜》[2]上下卷该看原文,终究也没实现。

"高中的语文老师讲课很有意思,我才会想读原文的。其实我根本没注意细节,只是囫囵吞枣。"

"真希望能拥有你这样的阅读能力啊。"

"这没什么大不了的。"

"对了,不是有两大'略微'吗?另一个呢?"

"另一个嘛,是我准备升学考试时读的《竹取物语》。"

"辉夜姬[3]吗?"

"对,那还是暑期进修班讲义里的一篇。故事中的女主角不是出难题,让求婚者送上稀世珍宝吗?她让石上麻吕带来的东西是'燕子的安产贝'。"

---

(2) 《源氏物语》第三十四、三十五卷的卷名,分为上下。描写了源氏三十九至四十七岁间,三公主下嫁源氏、明石女御生下皇子,及柏木与三公主私通等情节。
(3) 《竹取物语》的主角,意为光彩夺目的女子。自竹中出生,被竹取翁抚养成美女,各方贵族前来求婚,她却全数拒绝,最后在满月之夜升天。

"哦，就是那个把手伸进燕子窝的人。"

他想从高处的鸟巢中拿出传说中的"安产贝"，却不慎摔落。

"没错。而且，他摸到的不是'安产贝'，是燕子的……吃饭时不适合提起的某种东西。男子紧抓着这个东西坠地，不幸摔断腰骨。在得知他经历了痛苦的挣扎，濒临死亡后，辉夜姬为他咏了首诗歌。'承蒙佳人赠歌，实感荣幸，但她毕竟不肯与我成婚吧。'男子遗憾地断气。你知道听说此事后，辉夜姬反应如何吗？"

"请说。"

天城小姐狡黠一笑，说道："略微怜悯。"

我不禁再次感叹："哇，这也相当高明。"

"一个是被迫促成婚事的女人，一个是不结婚的女人，两种'略微'。"

"两种都很酷。"

"不过，紫夫人的心大概已不在源氏身上了。总之，结婚凭的是冲动，'略微'这字眼和结婚根本就不搭调吧。"

"如果对方的告白是'我略微有点爱你，请与我结婚'，心里确实会感到疑惑。"

"对呀。"

8

基尔酒的后劲上来了,我有些飘飘然。由于想再多聊一会儿,便又点了餐后茶。

"是因为之前提到了谜题小说,才聊起这个的吧?"天城小姐开口。

"对。"

"其实我手边也有一个没结局的故事。"

"是吗?"

"刚刚会面的赤堀小姐给我的。"

"嗯?"

我越听越糊涂。

"那篇文章像在模仿超短篇小说,只是草草写在信纸上,她大概压根没想过要发表,所以就给我了。"

原来如此,编辑写小说这一点也不足为奇。

"她是请你看完后告诉她感想吗?"

"不是的,她似乎都不想把它放在身边。"

"……是写得不满意吗?"

这样的话,扔掉岂不更省事?

"嗯,小说本身乱七八糟的,有些部分好像借用了海明威的狩猎故事。不过也无所谓,她只是想通过写作发泄一下生活中的种种烦恼。"

天城小姐沿着咖啡杯内壁倒入牛奶。

"结局也是二选一吗?"

"对。"

"是怎样的内容?"

天城小姐举杯就口,应道:"听到这里,你很好奇吧?"

"嗯。"

"我也很好奇结局。"

"像《美女还是老虎》一样?"

"没错,只不过她的结局是'扣了,或者没扣'。"

到底要扣什么我不懂。不过,不像弗兰克·R.斯托克顿,要见赤堀小姐还是不难。

"作者本人怎么说?"

"就算我问,她也只是笑。但……"

"嗯?"

"她告诉我,结局只有一个,肯定能猜出来。"

这么一说,简直像站到了"禁止偷窥的房间"前,我更加好奇了。

"都说到这个地步了,你就让我拜读一下吧!"

"啊……是我不小心说漏了嘴,我还没告诉过任何人。"

"当然,要是赤堀小姐不愿意,我也不勉强。"

"那倒没问题。她是在工作室成立、安顿下来后,把稿子交给我的。她为那则超短篇小说苦恼了许久,如今已经心无芥蒂,甚至抱着打趣的心态,想知道别人的读后感,所以拿给你看没关系。"

我啜饮着红茶:"标题是什么?"

天城小姐回答:"《奔来之物》。"

9

对于隐藏的事物,想知道、想探听、想观看,都是人之常情。

每当为生活中的遭遇感到困惑时,圆紫先生总是能听我倾诉、替我解惑。他是位名字要冠上"春樱亭"头衔的落语家。

圆紫先生表演全集的第一期已顺利收录完结,之后又追加了五卷。虽然制作方也推出了CD版,但我因为一开始买的是录音带,所以还是选择买齐整套录音带。

与天城小姐聊完的第二天是周六,不必上班。假如我们做的是杂志,出于截稿日的关系,据说休假也很不规律。但三崎书房不会发生这种情况,除非负责的书有特殊状况得处理,否则周末都正常放假。

我来到院子晾衣服。

今天一早就是阳光明媚的好天气,虽然云量不少,但都集中在天空下半截,宛如巨大的棉花糖。从隔壁房顶的瓦片连成的灰色线条能看得见云层顶端,再往上是一整片蔚蓝,仿佛是太阳特地空出的舞台,狭小庭院的绿意也显得格外深浓。

夏衣越换越单薄，所以篮子里的湿衣服不会突然剧烈减少。一旦有床单、毛巾被、浴室地巾之类的大块布料时，只要拿起其中一样晾晒，剩下的分量便会骤减，换成质料厚重的毛巾也会有相同的成就感。

我喜欢这种解决一件事、做完一件事的感觉。

晒衣竿分布于门口可见之处，以及屋后。内衣自然是拿到屋后晾，在枫树树枝和檐下绳索之间架上短竹竿。家人日常磨合出的生活模式会逐渐定型，又随着生活而变化。自从姐姐离家，晒衣竿冒出了一块空白——她的衣物已不在其上。

大约从一年前开始，早晨总有只戴红项圈的黑猫穿越院子，通常是在我们吃完早餐要出门的时刻。

黑猫大摇大摆地昂首阔步。我站在走廊上，隔着玻璃窗一路目送。只见黑猫从树丛前方经过，跳上后面的砖墙，再跳下地，就此消失。不过，它只是纯粹路过，不曾胡乱捣蛋。

"不知道它要去哪儿上班。"

母亲附和我："每天早上它都很准时呢。"

或许是前往猫咪事务所。姐姐已不在家，看不到"猫咪上班"这一幕了。类似的琐事，令我不由得感到"我们家也进入了新时代"。

不只是猫，人人都有固定的行为模式。

晾衣服时，我常听录音带。之前去逛打折店，由于价钱实在太便宜，我忍不住买下一台超轻便的手提式收音机。操作键上标示的不是"PLAY"之类的英文，而是"播放"和"停止／取出"这种汉字。尽管这对老人家来说很方便，最后我还是留着自己用了。我把收音机放在自行车后座，调低声量，播放圆紫先生的《天狗审判》。

这是个谈"好奇"的落语段子。

内容描述酣睡的八五郎表情变化万端，引发妻子的好奇，遂问他方才做什么梦。他不肯透露，夫妻俩便吵起了架。来当和事佬的阿熊弄清争执的原因竟如此无聊，当场目瞪口呆。好不容易平息纷争，剩两人在场时，阿熊问："是不能对女人说的梦吗？"他不肯吐露，于是双方大打出手。房东出面劝架，亦为之惊讶。等与房东独处，"总可以告诉我吧？"他仍紧闭着嘴，气得房东赶人，叫他收拾东西滚出去。八五郎觉得这太没道理了，便告上衙门。官老爷也听得瞠目结舌，训斥房东一顿，就此解决本案。"啊，慢着，八五郎。"官老爷留下八五郎，然后……

故事就这样不断发展下去。第一次听时，我不禁叹服"实在太有趣了"。

梦的世界属于个人。当事者不说，谁都无法偷窥，那是绝对之谜。谁想窥探，就会产生奇特的焦虑。

虽然猜得到，但别具匠心的结尾依旧令人会心一笑。

我用力拉直衬衫的下摆和袖子,将衣架腾出间隔,逐件挂上。收音机的声量放得很低,邻居应该听不见,不然他们会发现一个配合结尾伴奏的节拍挂衣架的怪女孩。

10

天城小姐把约定的超短篇小说装进出版社信封交给我。

之后,她在茶水间补充说明道:"我可没偷偷摸摸,已经告知赤堀小姐了。"

"这样啊。"

"毕竟还是得征求原作者的同意。我打给她说……"天城小姐转为打电话的语气,"聊到谜题小说时,顺便聊到你写的那篇故事,忍不住告诉了出版社的女同事。她很有兴趣,方便给她读读看吗?"

"然后呢?"

"她回答'没关系'。没想到过了十分钟左右,她又打电话说:'等那女孩看完,我想听她的读后感。'"

"哇。"

"她的要求很合理,虽然没得到你的同意,我仍擅自做主替你答应了,不要紧吧?"

"当然。"

我觉得自己像突然被布置了家庭作业的学生。

那天在回家的电车上,我打开信封。只留框线的办公用白色信纸上,满是黑色钢笔的笔迹。我看惯了印刷稿和机打的原稿,所以看到这份手写稿时莫名有种新鲜感。纸上几乎没有修改的痕迹,观察运笔方式,应该是一气呵成。开头是题目《奔来之物》,作者并未署名,直接进入正文。

> 与其说是黄色,它看起来更像是暗沉的橘色,垂着头,仿佛陷入沉思——它是一头狮子。
>
> 我的脖颈缓缓渗出汗水,并不是因为炎热——那种非常典型的非洲热,而是被恐惧笼罩了全身。
>
> 远处那头巨大的猛兽,具有岩石般确凿的存在感。相较之下,我似乎比袖珍词典的一角还要轻薄,还要脆弱。

"非常典型"这种说法有点片面,非洲其实也有很多种气候。究竟是怎样一种炎热,我完全无法想象。

比起气温,赤堀小姐显然更想快点交代"故事背景在非洲",可见她当时写得多么仓促。

亚瑟斜睨着我，端正的唇角浮现出嘲讽的笑意，无声低语：你赢得了吗？被试探不是什么愉快的事，何况获胜也不值得骄傲。我该战胜的是自己。
　　玛丽安喘着大气，定睛注视狮子。回忆起三年的婚姻生活，我窝囊地鼻头一酸。不久前，和她在一起我便犹如置身空气中一样自然。那时我深爱着她，现在依旧。

这是欧美人的名字。从到非洲狩猎这一点来看，主角应该是富有的美国人吧。

　　热风扫过干燥的大地。狮子面带忧郁，抬起宛若巨石的脸孔。草原一望无垠，勾勒出地平线的群山，空虚而遥远。不知为何，脑海浮现出夏风吹过高中校园的景象。彼时，我甚至不知道世上有玛丽安这个女子。我只是活在当下，对未来一片茫然。

这个"高中"也缺乏说服力，感觉假假的，大概是来自日本高中夏天校园的印象吧。天城小姐提过，作者写作是为了排解郁闷，难怪会脱离现实。
　　另外，"脑海浮现出夏风吹过高中校园的景象"这句，令我联想到天城小姐上次提过的字眼，小紫的

"括弧前"。当时，天城小姐或许也想到了这部超短篇。如果真是这样，这篇大概讲的是"我"与玛丽安貌合神离、渐行渐远的故事吧，而亚瑟则是三角关系中的第三者。

不过，取名亚瑟和玛丽安未免太扫兴了，令人忍不住想笑。至于文中的"我"，当然是赤堀小姐自身。可以看出，改变主角性别，超脱现实，更容易描绘出真实感。

认识玛丽安后，我第一次思考未来。

然后就突然冒出这么一句，也没有充分交代两人是在哪里、如何认识的。只活在当下的人，却开始思考将来了，这又是怎么回事？接下来数行罕见地出现了多处修改痕迹。删去的地方重复画了好几次线，完全看不清原先所写的内容。

倘若世上有神，必定是神安排我与玛丽安相遇。对于我的告白，她感到不知所措。就算讲得好听点，我也算不上美男子，但我有礼且诚实。

将玛丽安揽进怀中，她便会像猫一样眯起眼说很幸福。她，用爱回应了我的爱，却没有以恋情回应我的恋情。看她的样子，似乎觉得自己被诚实的男人所爱，不让对方得到幸福会很内疚。就像收到一百美金，就必须拿同等价值的物品进行交易的商人。这一点，刺痛了我的心。

然而，即使能寻求被爱，也没有任何人能强行索取恋情。

11

狮子始终待在原地。我想退向吉普车，但明白已难回头。下次狮子移动时，不是悄悄退后，就是朝我急速奔来。在那之前，我没办法离开此处。我，已无路可逃。

亚瑟的金发随风飘动。玛丽安也许就是爱上了他那希腊式的头发，这么一想，无法遏止的嫉妒涌上我胸口。那种煎熬，犹如不会游泳的人在水中死命挣扎。而这样的自己，令我万分惆怅。

玛丽安开始心生后悔，如此一来，连爱也将结束。

正因意识到玛丽安的恋情，主人公才邀请友人亚瑟一同前往非洲的吧。文中继续解释,这是为了"假装成一个快活的丈夫,让自己和玛丽安都以为我俩是谁也无法介入的恩爱夫妻",我看得有点难受。

文中的"我"虽确实是百万富翁,但"站在这片荒蛮大地时,我不过是丑陋的小丑,几乎是被赤裸裸地拿来与亚瑟比较"。"我"在狩猎时,犯下无关紧要的小错误。晚上,虽然谁也没多说,亚瑟却主动重提旧事,谈起某个男人转身逃离狮子、因此遭到妻子蔑视的故事。这大概是指海明威的杰作《弗朗西斯·麦康伯短促的幸福生活》吧。

对"我"自嘲的态度,玛丽安面露嫌恶。露骨的嫌恶。

> 连接她与我的红线,现在即将断裂。我,很害怕。为挽回失误,我反而拼命故作开朗,不断发出可笑的言论。威士忌让我说话不经大脑。

亚瑟不快地皱起眉。

"你胡扯什么?"

我赫然一惊。这一年来藏在心底的疑问脱口而出,我顿时一阵恼怒,不停向两人丢出不该说的话。那同时也是污辱我自己的话。我窝囊地热泪盈眶,这就是我的人生吗?我是为了吐出惹人厌的话,为了成为这么无聊的人，才活到此刻吗？尽管这样想，我却无法遏制地对两人毒舌相向。

亚瑟起先辩解是我想得太多。但，仿佛受我亢奋情绪的感染，他也渐渐激动起来。玛丽安指责我是逃避狮子的男人，话题因而朝意外的方向发展。亚瑟说："你做出愚劣的发言，自毁男性尊严。如何？要不要让夫人见识一下你的勇气？明天，我们别带向导，自行前往草原射击狮子吧。你也清楚，面对来袭的狮子，得近距离诱敌才行。"

光想象我便双腿发抖。奔来的狮子，金色的命运。

"就看你能否不扣扳机，这是勇气的问题。很抱歉，我不认为你确实敢接近敌人。你八成会败在恐惧之下，提早开枪。怎么样，你有'证明勇气的勇气'吗？放心，没瞄准也不要紧。还有我，不，有我们守在旁边。"

亚瑟的射击本领数一数二，像狮子这般大的目标不可能失误。他嘲讽地笑着，补充道："不过，我们若真有不可告人的关系，这是最好的机会，届时应该会见死不救。这么想的话，你还是别答应这个赌注比较明智。对，那样比较明智。"

玛丽安哭了，劝我不要做蠢事。胆小的

我，正因胆小，所以接受了这场赌注。假如亚瑟没开枪，玛丽安也未开枪，我就此丧命，那也没什么不好，展现自己的勇气更重要。

  我在露营车内躺下。我担心的并非他俩会作何反应，而是当猛兽逼近时，自己能否挺起胸膛，勇敢面对。

原来如此，这就是天城小姐提到的"扣了，或者没扣"，也算是反面版的俄罗斯轮盘赌了。

接着，早晨来临。

三人出发，途中遇上宛如巨岩的狮子，于是回到开头的那一幕。

  玛丽安的蓝眸，看起来前所未有的深邃。那双眼睛瞠目欲裂，她不发一语，摆出像要被什么压垮似的表情。她抱着我的枪不放，仿佛觉得只要这样，一切便可恢复原状。我下车踏上黄土大地时，她全身一震。

  我冷漠地拿起枪，暗暗在心中道歉。为我恋上她而道歉。

之后——

  狮子一动。

我的全身蹿过一阵战栗，接受考验的时刻来临。一瞬前的静止仿佛只是场梦，巨大野兽倏然蹬地向前。

它奔跑而来。我的人生奔跑而来。仔细想想，以前我只是一步步走过既定的道路，从未赌上自己。

现在不同，我处在生命攸关的激烈时刻。

我的手指震颤。还不能扣扳机，射程太远。

亢奋的万兽之王，撕裂热带的空气，为撕裂我疾驰而来。它的咆哮犹如地鸣。

差一点，现在还不行。

自己是不是能够完成任务的人，及玛丽安的心是不是已经冷却，这两个答案，下一秒，我瞬间领悟。

正文至此结束，接着空了数行又写道：

好了，天城妹妹，你猜故事将怎么收尾？（剩下最后两句，第一句以"我〇〇扳机……"开始哦！）

原来如此，这就是谜题。那么结局究竟如何呢？

12

当然,我心中早有答案。但是,我很好奇还有什么其他可能。

于是,我又不由得想请教圆紫先生了,我和我的解谜大师近几年来只闲话家常过几次。

踏入社会后,我的生活变得很忙碌,加上大师是名人,如果没有见面的借口,自己实在不好意思打扰他。所以,当看到大师在邀请我去个人表演会的明信片上添上的那句"一起吃个饭如何"时,我当然乐意之至。

仔细一想,与大师初次相见时尚未过二十岁成人礼的我,现在已经二十五岁了。进入社会后,学生时代已然离我远去。不过,原本就是成年人的圆紫先生似乎没有太多改变,依旧笑眯眯地倾听我在出版社的糗事。

我觉得这是暌违许久的相聚机会。我们遇到过各式各样的谜题,但思考小说的结局还是头一遭。我很期待大师的答案。

不过,我又想,在那之前得先征求赤堀小姐的同意。否则作品被不停传阅,作者心里也不舒服吧。

没想到,世上真的有所谓的巧合。

记得有一次为了开电视,我把遥控器往前一推,不小心碰倒了杯子,茶水泼在桌上。恰好当时播放的古装剧里,主角正大吼"你这蠢货"。现实生活中就是会有如此巧合的事情发生。

第二天社里开会,有人提出策划一本以"落语"为主题的三崎选书,提案人是天城小姐。

"哪怕讲的是同一个落语段子,形态也会因表演者而异。何不尝试往这个方向整理看看?"

落语家是表演者,也是剧作家,只要将两者巧妙结合,便能创作出著名的脚本。例如,古今亭志朝在《爱宕山》里,为掉落谷底的帮间[4]一八加上的这句独白"对着狼拍马,那可不管用"。此处的"拍马"指的是奉承。

"那么,要请谁执笔?"

总编辑询问。天城小姐推荐圆紫先生,并提议由我担任责编。

"你们原本就认识吧?多花点时间也没关系,一点一点慢慢讨论,应该能做出有趣的书。"

我毫无异议。这么一说,我不禁讶异于自己竟从没想过邀请圆紫先生写书。

会议结束后,我凑到天城小姐身边。

"非常感谢。我最近都没空去看表演,现在有公务在身,总算有机会听落语了。"

"哎呀,你可不能摸鱼。我是考虑到你应该不用提前准备,才把这个选题交给你的。"

---

(4) 在酒席上取悦宾客,专门负责表演助兴的男人。

我嘿嘿傻笑。

"我马上联络圆紫大师,如果对方同意,天城小姐和赤堀小姐能不能也一起碰个面?"

天城小姐一听,面露诧异。

"为什么?"

"编这本书的时候,说不定会麻烦赤堀小姐。不过,这是表面上的理由。其实……"

我简单描述了一番圆紫先生明察秋毫的洞察力。

"记得吗?我从试用期转为正式员工时,你还出过一个编辑考题(非模拟试题)。就是那篇以相同的间隔修改的原稿。"

天城小姐在校对某作品时,发现了奇怪的情形,原稿被修改的部分竟然是周期性出现的。

"哦……"

"为什么发生那种情况,我不是提出了正确解答吗?其实,那是因为我请教了圆紫先生,他当场揭示了谜底。"

"原来你作弊呀。"

"对不起。"

天城小姐"嗯"了一声,点了点头。

"这位推理大师将怎么解读这回的谜题小说,你是想听听看的吧?"

"是的。假如赤堀小姐不介意,我会带圆紫先生到上次那家'香水瓶'用餐。我们一起分析故事,你认为如何?"

"原来如此……"

"不好吗?"

"唉,反正她本来就打算和你聊一聊。况且,能见到落语家,她或许会有兴趣,我去问问。"

之后我有事外出,等傍晚返回出版社时,天城小姐向我招手。一过去,她便告诉我赤堀小姐已同意前往。

13

为配合圆紫先生的时间,午餐之约等了整整两周才成行。

我们在JR饭田桥车站的月台碰面,圆紫先生穿着清爽的淡紫色Polo衫,我带大师前往"Flacon de parfum"。

"这次吃的是法国菜。"

"哦,我是不是该穿正式一点?"

"不要紧,是一家休闲餐厅。"

我边走边问起《天狗审判》。

"那是您喜欢的段子吧?"

"是啊。内容一再重复,其实很难表演。"

"原来如此。"

"必须不着痕迹地改变对话，同时极力挑起全场观众的好奇心，让对方迫切想知道究竟是个什么样的梦，像房东和官老爷一样按捺不住才行。"

"这倒是。"

"不过，最麻烦的还是'为什么不肯说'。对妻子还能以'没心情'来解释，然而，受到官老爷审问，甚至严刑拷打都紧闭嘴巴，情况可就非比寻常了。"

"对。"

"所以结论就是主角'根本没做梦'。不过，主角要是很干脆地承认了这一点，观众便会失去'好奇'的对象——但仍旧会留下徒劳的荒诞感。那是一种对非实体之物的探求，或者说，是面临荒诞遭遇的恐惧与突兀感。"

"但这样一来，最关键的地方就瞬间失色了。"

"没错。如果主角根本没做梦，结局也就丧失意义了。"

虽然很遗憾，无法让不知道《天狗审判》的读者亲耳听闻，我还是先讲述一下结局。

……不肯告知实情的八五郎被吊在松树上。天狗出手搭救后，同样问起他的梦，并威胁他，再不说就要把他大卸八块。正当他苦闷呻吟之际，妻子出声问道："相公，你做了什么梦？"

一切回到最初。也就是说，观众会发现"这个段子"正是"那个梦"。故事的结构永远套中有套，如果主角"没做梦",段子就无法成立,就会消失。

"所以,圆紫先生版的结局才会那样安排?"

"没错、没错。"

圆紫先生的表演中,故事没有以妻子的话收尾,而是让八五郎一脸正经地说完"我哪有做什么梦",才真正结束。

"妻子一开始便看见熟睡的他表情变化多端,因此,不管主角怎么辩解,他的确在做梦,只是嘴上坚决否认。依我看,那个梦在他清醒的瞬间就遁入黑洞了。"

"那是常有的事。"

"对,其他人肯定也是抱着这种心态在表演这个段子的吧。但对我来说,如果没有清楚交代谜底是'忘记',心里便空落落的。"

换成一般人来表演,或许会很啰唆,但圆紫先生最后那句台词不是纯粹的说明,还突显出这么大的事竟然会悄然隐没入记忆,足见梦有多不可思议。一对比,就能看出技艺的高下。

我挥舞拳头:"就是这个!"

"什么?"

"我想的就是请您挑几个落语段子,具体说明您和其他多位大师在演出上下功夫的地方。"

大师莞尔一笑:"那就加油吧。"

从我打电话联系大师开始,圆紫先生的反应就很不错。他似乎认为这是个让大众关注落语的好机会,还能顺便整理自己的思路,可谓一石二鸟。

不过,我没想到圆紫先生的书会由自己负责出版,缘分真是妙不可言。

我们拐过大楼,走上缓坡,大师接着说:"第一次和你见面时,也谈到过梦的话题。"

"啊,没错。"

那是关于某大学教授奇怪的童年梦境。我也是从那次解谜首度窥知圆紫先生的能力。

14

这次算公事应酬,所以点的是正式的全套大餐。

工作简单谈妥后,我们开始边吃边闲聊。食物还剩很多,我担心没办法全部消灭。

圆紫先生灵巧地使用着刀叉,谈起落语。关于表演,他举出天城小姐两人都能理解的实例加以说明。

赤堀小姐今天穿着大领子的白上衣。她对落语颇有研究,也听过圆紫先生的落语。修长的脖颈上,她那张五官深邃的脸表情生动,应答活泼。

最后,圆紫先生说:"即使是同样的结尾,有时讲法也会不同。"

"咦?"

赤堀小姐疑惑地侧着脑袋。

"从广义上说,这也算是演出的一部分。在关西落语界的大佬中,有位桂文枝先生……"

我点点头。

"听过他的《猿寡妇》后,我再度深深感受到落语是有生命的。"

有名男子卖力讨好貌似猿猴的寡妇,因为他只要奉承几句就能骗到钱。但有一天,他不小心说漏了"猿猴"这个词,寡妇便从此禁止他上门。为"收复失地",他一听说"杨贵妃是美女的代表",就赶紧跑去告诉寡妇"您和狒狒长得很像[5]"。

拿长相当笑料,我觉得是种恶趣味,所以听不太下去这个段子。不过,在落语中,或者说在演艺圈中,确实存在残忍的一面。

圆紫先生叙述完故事梗概,继续道:"有位落语大师过世多年,他是第三代林家染丸,我在广播中听过他表演的《猿寡妇》。嗓音开朗的他,在刚才提到的结尾后补上了一句'这回,又搞砸了',并用'祸从口出,以上就是《猿寡妇》的故事'结束表演。这种方式倒不赖,很符合第三代唠叨又愉快的风格,是一种活生生的落语形态,但文枝大师则说完'和狒狒长得很像'便戛然而止。"

---

(5) 杨贵妃与狒狒在日语中发音相同。

"简洁洗练。"天城小姐感叹。

"这么说也没错。刚刚的段子大家都是以这种形式传承下来的。可是,有一次,我去大阪的表演厅听落语,恰巧碰上《猿寡妇》的演出。那时候,文枝先生……"

"怎么?"

圆紫先生故弄玄虚地停顿一拍,我忍不住搭话。

"他讲到'和狒狒……'便打住。"

"噢!"

"我当时蓦然一惊。或许别人会觉得这个只是细枝末节,但在我看来并非如此。我立刻到休息室请教他。他解释说,有时候他会根据现场情况或观众的反应,决定在哪里收尾。"

天城小姐说着"原来如此",点了点头。

"我们是做书的。书没办法参考这样的形式,视读者的反应决定该写到哪里、在何处埋下伏笔。这一点也正是落语表演者的妙趣所在。"

"应该说,面对书籍,每位读者都能成为表演者。是读者令书变得有深度,所以阅读才是一桩乐事,不是吗?"

天城小姐用力点头,附和道:"一点也没错。"

看来他俩意气相投。

既然提到了桂文枝先生和落语结尾的话题,我也想借此机会讨论一个落语。

"有《烧断的线香》这么一个段子吧？"

"嗯。"

那是代表关西落语的重要段子之一。纯情艺伎小丝爱上了少东家，但少东家不过是逢场作戏，于是小丝把他关进仓库百日，不让他出去。小丝觉得自己惨遭抛弃，伤心而死。少东家好不容易离开仓库后，得知此事，便发誓终身不娶。此时，小丝生前爱用的三弦琴响起，弹奏出地方民谣《雪》的哀切曲调。

"我当初听到的是文枝先生的版本。之后，我立刻买了张收录那首《雪》的CD。"

圆紫先生莞尔一笑，吟唱起："很久、很久以前哪……"

接下来的"我等待的人儿，也在等待我"，这段沁人人心的歌词悄然浮现在我脑海。

"不单是因为第一次听，所以印象特别深刻，我是真的非常喜欢文枝先生版的《烧断的线香》，表演风格十分契合他的个性。我喜欢的台词也很多，比如老板娘对小丝的幽灵说'去美丽的地方吧'之类。不过，结尾似乎值得商榷，就是小丝不再弹琴那里。"

故事中的三弦琴音尚未弹完便戛然而止，令人心生疑惑，才发现原来线香已烧光。当时，艺伎以线香计算收费的时间，于是文枝先生讲到"线香断了"，便鞠躬下台。

"我很好奇，故事非要这么演吗？总觉得意境被破坏了。我可不想在那个节骨眼上哈哈大笑。"

"嗯,"圆紫先生依旧面带笑容,"不笑不就好了吗?"

我掩不住诧异,大师居然也会耍赖。

"可是……"

"你刚才说'线香烧完,所以小丝不再弹三弦琴',是吧?"

"是。"

"我见东京的落语家这么表演过。用'难怪不弹了,原来是线香已烧尽'的角度诠释也不错,很有落语风格的结尾,只是关西的表演方式不同。"

"您的意思是?"

"你下次注意听听看,无论米朝大师或文枝大师,说的都不是'小丝不再弹琴'。"

"啊?"

圆紫先生正色道:"他们说的应该是'不能再弹琴'。"

我瞪大双眼。《烧断的线香》我听过无数次,难道自己竟如此粗心?我不禁直冒冷汗。虽然我从不认为只有现代化的诠释或改编才对落语有益,但,这也是人之常情。因此不由得感慨:小丝的悲剧源于艺伎身份的重重束缚。一旦线香燃尽,她用来倾诉心声的三弦琴"也不能再弹"。仔细一想,这样的结局与内容极为贴切,堪称绝妙。

"我甘拜下风,真是大开眼界。"

换句话说,这就是所谓的"同一本书在不同读者心中的意义也有所差异"吧。

"哪里,小事一桩,不值得你如此惶恐。"

"不不不。我真的觉得诠释很可怕,只要换个角度,落语段子的色彩就大不相同。"

此时,甜点舒芙蕾上桌,这顿大餐也进入尾声。

15

"说到这里,关于那则没有结局的超短篇小说……"

赤堀小姐仿佛期待已久,微微一笑。

"真是不好意思,从天城小姐那里拿到副本重读后,发现自己写得实在太糟糕了。"她低下头,"简直难以置信。"

天城小姐拿出原稿后,问圆紫先生:"您仔细推敲过了吗?"

"是的。"

天城小姐从活页记事本取下四张纸,提议道:"既然结尾只剩两行,大家就各自写下猜想的结局吧。"

"我也要写?"赤堀小姐确认。

"对。"

我们同时提笔。不久,天城小姐抬起头说:"好了,该从谁的答案开始公布呢?"

我看着圆紫先生说:"'真打'[6]当然是最后出场。"

"啊,这倒是。"

我朝对面放下写有答案的纸:"那么,就从'前座'开始吧。"

  我勾着扳机,准备扣下。
  这时,玛丽安的子弹射穿了狮子的头。

"这个怎么样?"

天城小姐问,赤堀小姐点点头:"很可爱。"

"算是种充满希望的预测……"

"如果想支持主角,不应该写'准备扣下',而是写'没扣下'吧?"

"那样最好不过,但我怀疑他是否能承受那种濒临极限的状态,所以还是写'准备扣下'更恰当。"

"硬要挑缺点的话,按照这个写法,玛丽安必须是个神枪手。"

这样其实很不自然,我也明白。

---

[6] 日本落语家等级从高至低依次为"真打""二目""前座"。"真打"压轴,"前座"负责开演前的暖场表演。

"不过,这就是爱的力量。"

"你在装纯情。"

"我就喜欢装纯情。"

如果说这故事反映了赤堀小姐的私生活,她当时大概都没勇气去揭示这无望的结局。

"轮到我了。"

天城小姐把写下答案的纸放在桌上。

    我扣下扳机。

    下一瞬间,玛丽安的子弹击中我胸口。

"结局未免太残酷了。"

"扣下扳机后,'我'失去了存在的意义,受到玛丽安,或者应该说是上天的惩罚。"

天城小姐解释。

"他打中了狮子吗?"

"那不重要。"

"可狮子正在狂奔而来啊。"

"留下的亚瑟不是狩猎高手吗?不用担心。"

"不管怎样,他都会扣下扳机。"我望向落语大师,"您觉得呢?"

"我同意。"

"是吗?"

"或者说他别无选择。这篇看上去是谜题小说,其实讲的是背叛,不扣扳机就无法弄清那件事。"

"什么事?"

"有点难以启齿。"

圆紫先生将自己的答案翻到正面。

> 我扣下扳机。
> 子弹已被事先卸除。

16

"很抱歉给大家添麻烦了,对不起。"

赤堀小姐给我们看她的答案:

> 我扣下扳机。
> 子弹已被事先卸除。

圆紫先生开口:"文末写着'瞬间领悟',也就是说,扣不扣扳机,是明白玛丽安心意的唯一的选择。带着这个想法往下读,我发现在抵达审判地点前,玛丽安一直抱着男主角的枪不放手。"

天城小姐问:"为什么不是'玛丽安朝我开枪'呢?"

"扣下扳机的瞬间,'我'的注意力集中在狮子和枪上。究竟'我'会被哪一个击中，一时难以分辨——客观来看，如果玛丽安开枪，打不打得中也是个问题——更何况，万一子弹残留在体内就糟糕了。"

圆紫先生一脸抱歉地说着，赤堀小姐补充："没错，交给狮子就行了。那样就算意外事故。"

果然是非比寻常的"麻烦"，我忍不住语带责难："那样还不如直接挨枪。"

圆紫先生明确地回应："对，这么做的卑劣与残酷简直难以形容。"

我赫然一惊，原来如此。

我不知道赤堀小姐到底遭遇了什么事，但她凝视着软弱的自己，仍不忘认真面对。那时候，她一定遭遇了痛彻心扉的背叛。

我以为"那件事"会永远沉睡在小说之下，没想到赤堀小姐淡淡地说："很久以前，我和天城小姐因担任同一位作家的责编而结识，所以我都叫她天城妹妹。我们虽然任职于不同的公司，但不时会见面，这件事我其实对天城小姐说过一点。那时我与上司走得很近，一开始我俩只是兴趣相投，谈得来而已。渐渐地，我……该怎么说，我迷恋上他了，还越陷越深。有一次，我感冒发烧，请假没去上班。他打电话给我，问我需要什么，他能帮忙送来。我当时连动都懒得动，但忽然莫名想吃咖喱，于是指定了某个牌子的速食咖喱饭，结果他带的居然是咖喱调料块。他区分不出两者的不同,穿着西装就把它买回来了。我父亲以前也做过这种事。我看看他,不知道怎么回事,竟然完全沦陷了,还觉得他可爱。我突然意识到他确实是个男人。很可笑吧,我因为咖喱块走上了不归路。我们瞒着所有人偷偷交往,然后,我快三十岁时,一个新进公司的男孩爱上了我,并很认真地向我求婚。他是个好人,是我应该也会喜欢的人。你们大概猜得到,咖喱块上司是有家室的人。"

赤堀小姐目不转睛地盯着杯中的咖啡,继续道:"一般来说,结婚意味着幸福吧。可是,我似乎没有资格答应他的求婚。不是因为我在和别人交往,而是我的心仍然在上司手中,尽管我也明白,对方并不像我一样没有退路地赌上一切。我不幸福,非常不幸,却只能维持现状。我认命了,这就是我的'恋情',所以我决定回绝男孩。可惜,我没机会亲自说出口。我的上司抢先一步,把我的事全都告诉了那个年轻人。你们懂吗?真的是各种事情。就算是百年之恋,也会瞬间心灰意冷吧?"

赤堀小姐轻轻摇头。

"最后,我根本毫无选择。那个男孩对我破口大骂'没想到你是这种女人',我连反问'是哪种女人'的力气都没有。"

在我还在求学时,她正经历着这样的事。我觉得自己听到了不该听的事情。

"虽然保持了沉默,但我还是想以某种方式表达内心的感受。于是,我一鼓作气写下这篇改变了角色、性别、国籍及环境,却与现实仍有共通点的故事。其实,我已经用小说的形式来呈现它了,现在的解释也是多余。"

赤堀小姐说着,低下头。

"对不起,太沉重了。"

"不会,"圆紫先生回应道,"把它写下来,我认为是一个明智的决定,否则'好奇'的波纹还会层层向外扩大。这下厘清了一切后,也就彻底结束了。这个故事,你也准备把它束之高阁了吧?"

"嗯。只不过我还是有点想听别人的读后感。"

"那也是种'好奇'的心态。"

"是啊……那个,最后还有件事。"

"什么?"

"在讨论为您出书的饭局上理应分享些好消息,我有信心扳回一局。"

"哦?"

"虽然,我没和那个年轻人结婚……"

赤堀小姐讲到一半,啜了口咖啡。天城小姐讶异地轻叫一声,银框眼镜下隐约泛红。

"你干吗挑这个节骨眼说?"

赤堀小姐佯装无辜:"差不多要公开了吧。"

圆紫先生莞尔一笑。

"恭喜你。"

我当场愣住。男女之间的关系简直奇怪,谁与谁发展到什么地步,哪怕近在身边我也看不出究竟。说到天城小姐的男性后辈,只有一人。

"你和饭山先生?"

"……没错,真是不好意思。"

"哪里,这种事用不着道歉。"

我喝着杯中的冰水,就像往一口沸腾的热锅中加水降温。

"不过,还是觉得自己被蒙在鼓里。"

突然间,我脑中浮现出红荞麦面与白色素面绑成水引结[7]的画面。我想,他俩或许是天作之合。

---

[7] 绑在礼物上的绳结,如果是喜事,通常为红白或金银双色。

朝霧

1

职场的两位前辈举行婚礼。

"我什么都可以帮忙。"

当然,我是这样表态的。只不过,像我这种后生小辈,既不是当婚礼主持人的材料,又没有上台致辞的资格,我能做的工作基本已经注定——坐在签到台招呼客人,收下红包登记。

母亲从衣柜深处取出珍珠项链,不忘警告我:"千万小心那种专偷红包的小偷!"

听说这种人会穿着礼服在婚宴即将开始时出现,靠一句"啊,辛苦各位了,剩下的事我来处理,请你们快入席吧"就能顺利得手。

毕竟,宴会上的人几乎是初次见面。第一个想出这招的家伙真应该得个发明奖。我记得在报纸还是哪里看过,它已经成为一个行当。尽管在现实生活中碰上的可能性非常低,但做父母的,就是会连这种鸡毛蒜皮的小事也替子女操心。

我走出玄关，看见红蜻蜓停在院子的晾衣竿边上，唯有透明的翅膀尖端变成了焦茶色，仿佛沾到了拿铁咖啡。晒在背上的日光暖洋洋的。

婚礼在青山的饭店举办。旋转门旁贴着来宾一览表，上方则是今天举行婚礼的名单。牌子一字排开，用白字写着某某两家婚宴，于某某厅。

——嗯，简直像庙会捐香油钱的信众名单。不过，我当然没说出口，只敢在心里想想。

其中有块"饭山、天城"的牌子。两方我都认识，不过因为是女性，我负责天城小姐这边的接待。

我乘电梯上楼，新郎大学时代的朋友已经在签到台就座了。

台桌上铺有红棕色葡萄藤蔓图案的桌布，漆盒兀自散发着光泽，我才真切感到"啊，天城小姐真的要结婚了"。

我的任务是行礼招呼来宾，倒没什么难的。大家都到得早，登记表的页数也在不断往后翻。

其间发生了一件令我感到奇怪的事。新郎那边的宾客中，有个人我很眼熟。

如果是出版界的同人，应该在某些场合见过面。但情况并非如此，我总觉得是在完全不相干的地方见过他。

我边向面前的客人致意，边竖起耳朵偷听隔壁的对话。从交谈内容判断，他们大概是学生时代的老友。那个人估计是受邀致辞，所以不必当招待收礼金。

如果是这样，我应该完全不可能接触过他。是我记错了吗？

他坐在休息用的沙发上，仿佛在温习拟好的讲稿。

于是，我用我视力一点二的利眼端详，发现他的眉形和我家隔壁的小鬼很像。不久前，那个小家伙还在门口的马路和停车场蹒跚学步，现在已经长成一个堂堂（这么形容其实也挺奇怪的）小学生，在路上遇到时顶多轻轻点个头，不再喊我"大姐姐"。他长得就像那个孩子，有对略微挑起、英气凛然的浓眉。

……所以我才会觉得眼熟吧。

将收下的红包交到后方，尽量在私下抽出现金。有人早就习惯这种场面，一沓一沓把钞票凑成整数，迅速拿橡皮筋绑好，随手整理，然后红包袋则统一收进桌上的盒子里。不过，全是空空的红包袋也不好看，仍然会放几个没抽走现金的红包在前面。我发现礼品上的金色绳结略微有些歪斜，我重新调整了一下，再从正面检查它的形状。忽然间，它令我想起《西游记》里的景象。

从左右涌来的波浪在中央汇聚，往两侧卷曲，勾出圆圈的形状。还有那金色，让我忍不住联想到孙悟空头上的金箍。

孙悟空一不听话,三藏法师便嘀嘀咕咕地念咒,催动金箍越勒越紧,最后桀骜不驯的美猴王只能投降。由于是外力施加的疼痛,吃止痛药也没用。

美猴王驾的是筋斗云,拿的是如意金箍棒,那金箍也该有个名号吧。

不过,会从红包袋联想到《西游记》的女孩大概不多。我忽然很想把绳结放到额前,面向某人大叫一声"孙悟空"。额头上的这抹金色和我胸口的珍珠、身上的深蓝天鹅绒连衣裙色彩还比较协调。

当然,在婚礼的签到台不方便这么干,肯定会被视为怪人。只是,怎么说呢,曾几何时,我也有过一旦兴起就做出无聊举动的时光。

或许是因为在婚礼这种场合,加上饭山先生的朋友一闲下来便在旁边回顾学生时代,亲密谈笑,才让我产生那样的念头吧。

2

待宾客差不多全来齐,我们也进入了会场。

三崎书房的编辑部同事坐在同一桌。

"辛苦了。"

我溜到榊原先生旁边的座位,他一如既往地以那仿佛带着怒意的嗓音安慰我。

正前方,社长正一脸紧张地待在媒人席上,社长夫人反而和颜悦色,一派镇定。

我浏览菜单之际,司仪开场:"很抱歉让各位久等了,现在让我们欢迎新郎新娘入场。"

会场顿时变暗,灯光打向门口。两位主角现身,同样是男方表情比较僵硬。不过,被推上舞台就手足无措的样子倒挺像饭山先生的作风。新娘的落落大方也符合天城小姐的性格,只是她没戴常用的细框眼镜,看起来有些不一样。

换上第二套衣服重新入场后,饭山先生终于放松下来。面对大家的招呼声,他满脸笑容、不停挑眉,总算有心情做起调皮的表情。

来宾继续致辞。一个头顶大学教授头衔的人从桌上的沙拉谈起,继而说道:"饭店冠名的'华尔道夫沙拉',由纽约的华尔道夫·阿斯托里亚饭店原创,做法是将切成骰子状的苹果、西洋芹、核桃用蛋黄酱搅拌在一起。至于'尼斯沙拉',则包含金枪鱼、番茄、橄榄、鳀鱼和水煮蛋。"

我忍不住好奇在这样的场合他究竟想带出什么话题。

"翻阅较大型的日英字典都能找到这两道菜。哦对了,如果有人想查的话,'华尔道夫'的拼法为'W-a-l-d-o-r-f','沙拉'是's-a-l-a-d'。在'沙拉'的条目下应该会发现名词'salad days'(沙拉日),意思是'不成熟的青年时代'……"

他引用莎士比亚的名句赠予新人,这巧妙的引入令我不禁暗暗称奇。

英文教授与莎士比亚……这让我突然想到一个故事,内容正好围绕着一个"请举出你应该看过,但其实没看过的书"的可笑游戏。

游戏名为《丢面子》,五位玩家中,如果自己提出的书其他四人都看过,则得四分,三人就是三分。英文系教授玩得兴起,一不小心泄露了大秘密——他竟然高喊《哈姆雷特》。

故事出自戴维·洛奇[1]的《换位》。

我恍然大悟,谜题终于解开。

我知道刚刚那个男人是谁了。那是在我还在念大四、准备写毕业论文的秋天,饭山先生送给刚进入三崎书房实习的我一张柏辽兹的《安魂曲》的门票。我去三得利音乐厅聆听演出时,坐在我旁边的位子上看书、身穿蓝色西装的人就是他。

爱书的人大概都会好奇别人在读什么书。虽然我只是瞄了一眼,但那本书很特别,我印象十分深刻,

---

[1] 戴维·洛奇(David Lodge,1935—2025),英国学院派小说的代表作家,也是著名的教授和评论家。《换位》《小世界》《好工作》组成的"卢密奇学院三部曲"是其最出名的代表作。

忍不住想知道里面究竟是怎样的内容。

直到去年,我看了洛奇的《好工作》,发现有趣得要命,于是好奇起作者还写过哪些书。然后,我翻开了《换位》,埋头读了一阵子才发现它就是当时那个人在音乐厅里看的书。

登场人物斯沃洛,及连续数行反复出现的"呜、呜、呜",我都记忆犹新。

"……原来如此。"

我无意识地咕哝。然而,一旁的榊原先生压根没注意到,他就像个设定好的机器人般一口接一口地交替喝下葡萄酒和啤酒。

蓦然回首,多年时光恍若一瞬。那晚的记忆早已被我推出记忆的长河,如今鲜明地复苏了。我对当时坐在我旁边看书的那个人萌生出一股亲近感。

伴随着指挥棒的挥动,我们并肩聆听了一小时的《安魂曲》。

演出结束后,我目送他没入秋日街头的人潮,油然而生一阵伤感。如果有机会,他日或许能重逢。不,纵然见不到面,只要我在继续看书,说不定哪天便能邂逅那奇妙的一页。

"可是,话说回来……"

天底下真有这么巧的事吗?这和碰上红包小偷的概率一样低吧。孙悟空被压在五行山下苦等五百年,才遇到三藏法师。幸好是孙悟空,一般人早变成干尸了。不不不，即使经过五百年，也很难遇上。我立刻反应过来。

这根本不是偶然。送我的演出票，饭山先生手上肯定不止一张。

仔细想想，柏辽兹的《安魂曲》并不是饭山先生感兴趣的音乐，倒像是天城小姐的喜好。他本来安排了约会，不巧时间有冲突，只好将两张票转手。

这种情况该怎么办？古典音乐会的门票不便宜，按理，会先询问有没有朋友愿意买。他逮到一个，就是那个男人，却找不到下一个接盘者（柏辽兹先生，对不起）。"也罢，卖掉一张已经很幸运了。"于是他把另一张票送给了女同事，事情经过大概就是这样。

——这样的推测是不是还挺合理的？

3

如果这个人与饭山先生有这样的交情，那他来参加婚礼，甚至上台致辞也不足为奇。

心底积藏的疑惑一扫而空，我感觉很痛快。

我开心地望着那个人在司仪的介绍下起立。他身材中等，面相沉稳，浓眉下的双眼注视着新郎新娘。

"饭山先生、天城小姐，恭喜你们。"

麦克风传出他的声音，言简意赅，内容温馨。最后，他露出一个纯真的微笑，混合着"任务总算顺利完成"和"祝你们幸福"的意味，然后一鞠躬。

"你干吗？"

榊原先生像被小事无端触怒的武士，冷然睨视我。

"啊？"

"你似乎拍手拍得特别用力。"

"有吗？"

虽然是几年前的往事，但我们好歹曾在音乐会并肩而坐，同享过一段时光，我自然想表示支持。何况，我们都爱看书。

石垣凛[(2)]的《举手遮焰》中提过，战争刚结束时，年轻的她出门买蔬菜和大米，在车站听见警察取缔黑市物资的风声。"我鼓起勇气，向走近我身旁的中年男子打探：'请问今天有检查吗？'我不记得对方怎么回答了，只记得他是刑警。"随后，一大群人被警察带走，没想到"我在车站前遇到的人就在警察的队伍之中，他瞥见等待做笔录的我翻开的文库本，主动说'是皮埃尔·洛蒂[(3)]啊'，我当时在读《菊子夫人》"。之后，他和负责的警官耳语了几句，就让我把

---

(2) 石垣凛（1920—2004），日本战后代表性女诗人之一。
(3) 皮埃尔·洛蒂（Louis Marie-Julien Viaud, 1850—1923），法国作家。笔名Pierre Loti。担任海军军官时曾两度随船赴日，留下《菊子夫人》《梅子太太的第三度青春》等以日本为题材的小说。

大米外的东西全带回家了"。

这种忍不住想看看是什么书的心情,及爱书人间隐约相通的认同感,我特别能体会。

讲到这里……对,读完《换位》我有个感想。

学生时代,我曾在神田的旧书店买过新潮文库出版的伊藤整[4]的《鸣海仙吉》。那是从店门口百元特价的文库本中翻到的。书很干净,但毕竟年代久远,石蜡纸上四处都有江户紫(不是颜色,指海苔酱菜[5])的渍痕。书腰上写着"现代日本软弱的奥德赛[6]式彷徨"。试读后,最吸引我的就是各章采用演讲或手记形式的不同写法,相当有趣。

《换位》也是如此,其中一章为书信体。两书的主角都是大学英文教授,这也是共通处。如果考虑到其中存在着乔伊斯,或许是理所当然的。不过,更有意思的是,《鸣海仙吉》的最后一章采用了"戏曲"形式,《换位》则为电影"剧本"。

毋庸赘言,构成故事的书信、演讲、手记和各种报道,都是每个"登场人物"书写或口述的。可是,

---

(4) 伊藤整(1905—1969),小说家、评论家。曾翻译乔伊斯的《尤利西斯》,提倡新心理主义文学。《鸣海仙吉》为其代表作。
(5) "江户紫"原为染布的色彩名称,但酱菜用的酱油亦称"紫",故日本食品公司"桃屋"推出海苔酱菜系列制品时选用此名,大为畅销。
(6) Odysseus,希腊神话的英雄,又称尤利西斯,长年漂泊异乡。

整理出最后一章的"戏曲""剧本"的人是作者,这一章的性质与前面的大相径庭,是"形态不同的另一种叙述语言"。

所以,终章的戏曲和剧本作为"叙述语言",毫无疑问也构成了"小说的文本"本身。

《换位》与《鸣海仙吉》跨越了东西方与时间的界限,不约而同在结尾采用了这种形式,这大概就是所谓的"表现的必然"吧。况且,洛奇和伊藤整都具备评论家的资质,这样的人在现代执笔创作小说时,作品呈现出相似的形态,或许是理所当然的现象。

我突然意识到,自己正试图在脑海中向远方那个男人讲述这些想法。

另外,我还有别的事想问他。

在婚礼会场的大厅时,他似乎在思考接下来的致辞任务,无暇分神。不知道他乘电车回家时会看什么书呢?

宴席中有诗歌,有曼陀林演奏,有代表两家的致谢辞。

散场时,我经过站在入口的新郎新娘,天城小姐忽然伸出手,我俩相互一握。

走到大厅一看,编辑部的同事围成一圈。榊原先生将新人送的回礼往我这边用力一推。

"喂,你是负责婚礼招待的吧?"

"对。"

"我朋友参加丧宴时,坐在签到台那儿,把兑换券交给来宾说'结束时记得领取回礼',结果惹了麻烦。"

主编小杉先生接话:"丧宴只记账,礼品应该是事后邮寄。"

我依据自己为数不多的经验说道:"啊,我家是当天给。我一直以为都是这样。"

习俗往往因各地风俗而异。

"毕竟不好预估丧宴会来多少人吧。"

这个问题我请教过母亲,所以早已有答案:"通常会多订一些,事后有多余的再退还。丧宴的各种善后不是很麻烦吗?所以,比起在意死者家属怎么寄送,宾客直接领走才是替家属着想。"

"今天真不好意思。"我赶忙转身,只见饭山先生的父亲深深一鞠躬,"承蒙帮忙,非常感谢。"

因为刚才聊着不合时宜的话题,所以我有点慌张。

"哪里。"

饭山先生的父亲十分客气,连我这样的小人物都专程来道谢。

闲聊之下,围绕饭山先生的那群宾客已不见踪影,包括那个男人在内。我原本想走到他身旁问一句:"您也去听过《安魂曲》吧?"

有一点点……遗憾。

4

话说,之前年底大扫除时,我曾打开塞在壁橱深处的茶箱,发现了手工制作的和纸线装书。那是曾祖父翻译的格林童话,题目叫《家庭小说德意志昔日谈》。

虽然它既不是《换位》也不是《鸣海仙吉》,但每篇的翻译文体都不同。为配合作品内容,有时是狂言风,有时是净琉璃风,费了不少心思。

我也重新认识到"我的祖辈原来这么厉害"。父亲那边的叔叔和父亲本人都博览群书,我不禁对夹在祖孙三代中间的祖父感到好奇。晚餐时,我忍不住试问:"爷爷也很爱书吧?"

父亲回答:"对,藏书很多,简直是汗牛充栋。比较珍贵的藏书被我和龙磨平分了。"

龙磨是叔叔的名字,据说取自江户时代的学者,大概是希望叔叔能见贤思齐。一辈子活在德川时代的人,取名当然也特别文绉绉,这对于当事人来说反而可能是困扰。

"爷爷没写些作品吗?"

"他上学时投稿的童话剧本曾被杂志社录用。"

"哦,很长吗?"

"不,好像是独幕剧。他说某剧团曾在电影院上演过。"

"在电影院?"

"以前偶尔会有这样的情况发生,因为文化会馆和音乐厅之类的场所不像现在那么多。"

"那剧本没留下?"

"对。"

"好可惜。"

听我这么说,父亲思索了一下,开口道:"日记倒是还在。"

"啊?"

"你想看吗?"

"嗯。"

和窥探名人日记不同,这不是别人家的事,我有种乘坐时光旅行机的感觉。

吃完饭,父亲拿来两册笔记本。布质封面灰扑扑的,不知道是本就如此,还是褪色所致。

"这是什么时候的?"

"你爷爷大学期间,大约是昭和初年。"

"那时他单身?"

"当然。他寄宿在高轮的朋友家,往返三田上学。"

"那年头的大学生很吃香吧?"

"我不是那个时代的人,实际情形我也不太清楚,不过,当时的女性好像宣称'只要是大学生就嫁',所以情况应该和现在不同。但当时的经济不景气,找工作不是很容易。"

"啊,这不是《我毕业了,但……》[7]。"

"就是那样。"

打开一看,封面内侧是浅蓝色的。我随手翻阅,钢笔横向书写的字迹十分潦草,和以前的人一样常将助词"は"写成"者","に"写成"尔"。我没学过书法,但看过大学里的影印本(也就是早期书籍的照片版)。如果是最基础的入门,我上课时还学过一点皮毛,应该不至于完全啃不动。假名的用法自然也是旧式的,不过这是私人记录,不少地方夹杂着例外。

我突然灵机一动,抬起头问:"没有爸爸的吗?"

"你说日记?"

"嗯。"

"有的话,你想看?"

"嗯。"

"那我得先烧掉才行。"

"真狡猾。"

5

祖父的日记始于"一月九日"。大概是因为新年

---

[7] 大学は出たけ=れど,小津安二郎导演于一九二九年公开上映的电影,描写大学毕业却找不到工作的庶民生活点滴。之后,野村芳太郎于一九五五年也拍过同名电影,但内容不同。

买了笔记本吧。每天的内容都很长,看得出他不排斥写作。

他在"一月十一日"这篇写道:"今日上完了岛原先生的《柏格森[8]哲学》认识论课程。柏格森的学说与我平日的想法相符,我深有同感,故不禁大呼'然也'。"

这位哲学家的名字经常出现在战前出版的书上。虽然我的理解不深,仍会觉得"啊,爷爷也钻研过柏格森"。哲学思考对我来说难度颇大,不过后面这则故事还挺有趣。

> 我针对直觉体验向老师提出疑问。随后,老师谈到曾去拜访柏格森的经历,临走时突然下起雨,柏格森拿出伞,他却回绝,匆匆奔向地铁站。据说柏格森仍目送到他上车为止,任由雨水打湿面庞。

这是发生在巴黎的事吗?尽管写着"到他上车为止",但若是地铁,只能目送到入口为止吧。但撇开这个不提,在很久以前,这类公众不可能得知的日常生活瞬间确实存在过。法国哲学家目送东方来客渐渐远去,任由雨水淋湿面颊。

---

[8] 柏格森(Henri Louis Bergson,1859—1941),法国哲学家。

得知此事的感受，与读到祖父记述"在田町的森永，以温馨的合唱及面包为午餐"时那种怀念的心情颇为相似。

对了，虽说是昭和初期，不过那是哪一年的事？继续往下看，有这么一节：

> 议会解散。贵族院十点开议，众议院[9]十点四十分开议，滨口氏演讲后，犬养氏提问，堪称前所未有的政治奇观。是夜，军缩会议的广播远从伦敦传至日本。那边应是早晨吧，这是何等奇妙的近代文明。因而，夫人觉得有点可怕，不敢把无线收音机放在耳边，小铃不禁窃笑。终日皆可清楚听见若槻代表[10]的声音。

线索如此充足，对照年表，很快便查出来是昭和五年。

另一方面，从日记中也可不时窥见祖父的私事。提到旧时的大学寄宿生活，我首先联想到的是夏

---

[9] 根据明治宪法，贵族院和众议院皆为构成帝国议会的立法机关，昭和二十二年（1947年）被废止。
[10] 昭和五年，滨口雄幸掌权的民政党内阁决定签订伦敦海军军缩条约，遭到在野党的犬养毅猛烈攻击。若槻礼次郎当时为出使团首席代表，代表日本在伦敦签订条约。

目漱石的《心》[11]。然而，小说背景为明治时代，即便是祖父的时代，距今也有几十年了。但当我读到这篇日记，我忍不住猜测，这个小铃是房东的女儿吗？她看着夫人的模样窃笑，或许是女佣吧。

于是，我四处翻找，发现这个名字大概一个月就会出现一次。

> 小铃和女高同学去上野。
>
> 小铃还我《唐初美术》，又带走一本书，十分用功。
>
> 小铃耗费半日，将装橘子的纸箱改造为留声机的唱片盒，成果相当不错。
>
> 小铃做了英式松饼送来。问她是夫人烤的吗？曰："是我烤的。"

果然，小铃是房东的女儿。不，父亲也提过是"寄宿在朋友家"，应该不是专门出租房间的那种房东。

有收音机，偶尔也听关屋敏子[12]的唱片《苏尔贝琪之歌》[看来看去，还是觉得这么写才对，我猜或

---

(11) 夏目漱石于大正三年（1914年）发表的长篇小说。透过大学生"我"与偶然邂逅的"老师"，描写罪恶感与孤独感导致的自我否定。

(12) 关屋敏子（1905—1941），日本声乐家、作曲家。

许是格里格[13]的《索尔维格之歌》（Solveigs Sang）]，在当时算是富裕的家庭吧（话说，关屋敏子是女高音歌手。《广辞苑》居然有她的名字，我大吃一惊。原来她是个名人）。

"小铃"大概是那家的千金。

为谨慎起见，虽然明知不是，我仍向父亲重新确认了祖母的名字。

——不是"铃"，现实毕竟不可能像小说一样。

6

我在三崎书房负责编辑的书中，有一本的主题关于落语表演。

执笔人是落语家春樱亭圆紫先生，我有幸与他有多年来往——用"来往"这种字眼都太过夸张，实际上，每次都是我单方面受到照顾。

书中会以速记的形式记录几则圆紫先生的落语内容，并请他解析不同表演者造成的差异。不过，我希望这本书方便携带，所以页数不能太多，篇幅和选材都面临取舍。

内容涵盖从人情说到充分发挥落语特点的滑稽

---

[13] 格里格（Edvard Hagerup Grieg，1843—1907），挪威民族乐派最重要的作曲家。

说，我希望这本书也有很强的可读性。

进入十一月后，我们相约进行不知第几次讨论。我一边喝茶，一边请大师帮我检查《三味线栗毛》这个落语段子的内容速记，顺便也看一下有关表演题目的原稿校样。

公事告一段落后，圆紫先生说："马上又到年底了。"

"还早吧。"

"你这么说，话题就接不下去了。"

"对不起。"

"与年末相关的落语段子比比皆是。说起十二月十四日，你会想到什么？"

"当然是义士报仇。"

"没错。作为纪念，这个月底有《忠臣藏》[14]的落语会。"

"感觉很有意思。"

---

[14] 净琉璃或歌舞伎《假名手本忠臣藏》的简称，近年来也成为描写赤穗浪人武士复仇故事的戏曲及小说的统称。元禄十四年（1701年），赤穗藩主浅野在江户城内的松廊不堪吉良挑衅，愤而持刀砍伤吉良，事后浅野被迫切腹谢罪。对此深感不满的赤穗藩士四十七人，在次年十二月十四日，由大石带头闯入吉良府邸进行报仇。元禄十六年起，此案一再被改编搬上舞台，成为净琉璃与歌舞伎的当红题材。但当局禁演武家社会事件，于是将时代背景和人物名称改为其他历史人物，浅野变成盐治判官，吉良变成高师直，大石内藏助变成大星由良之助等。其中集大成者就是人形净琉璃《假名手本忠臣藏》，之后多半根据此版本演绎改编。

"欢迎你来。"

场所在有乐町的表演厅,整整三席表演,中间穿插有主持人的说明兼脱口秀。圆紫先生的表演排在关西落语界大师的《当铺戏》(15)之后,剧目名称是《淀五郎》(16)。

"嗯,自'第三段'开始铺陈,接着是'第四段'的落语段子,最后应该是'第五段'。"

"噢,你很厉害。"

圆紫先生微微一笑。和刚认识时相比,他的脸颊圆润了些。

"是吗?"

"这年头很多人都不知道《忠臣藏》的第几段是什么内容了吧。"

"常去看表演的人很清楚。"

落语中有融合许多戏剧的桥段,《忠臣藏》即是

---

(15) 描述热爱演戏的当铺小厮与掌柜表演《忠臣藏》第三段的争执场面。这个段子属于关西落语,东京的落语家通常不会选择表演。

(16) 叙述《假名手本忠臣藏》开演前夕,饰演盐治判官的演员突然病倒,剧团团长市川团藏决定提拔年轻的淀五郎。淀五郎接下重任,铆足全力,可惜用力过猛,越演越糟,到关键的第四段"判官切腹"时,饰演大星由良之助的团藏不肯上台配合。这种情形持续了四天,引来观众嘘声不断,淀五郎急得不知如何是好。

代表。例如"第七段"[17]模仿了茶屋冶游那场戏的小厮摔落楼梯,结尾简单明了——"你从楼上摔下来吗?""不,从第七段。"

"你也看歌舞伎的版本吗?"

"对。起初我是陪父亲一起看电视。那时,刚上大学的我一心认为'有必要了解《忠臣藏》的情节大意',所以全部看过一遍。"

歌舞伎座有所谓的"一幕见",也就是可以买特价票在天井包厢区观赏其中的一幕戏。我利用过好几次这样的机会。

"很多落语段子的设计都预设了观众有看过歌舞伎的基础。然而,时代不同了,这一点变得棘手。像我就非常喜欢《当铺戏》,无论听别人表演,还是自己表演,都感到十分痛快。"

这个段子几乎照搬了《忠臣藏》第三段在松廊爆发的争执,也就是师直恶意欺压,导致盐治判官忍无可忍、持刀砍人的那一幕。故事的设定,是让定吉[18]在仓库中完全沉浸于戏剧世界。

"让人觉得痛快的应该是师直吧。"

---

(17) 内容描述热爱歌舞伎的少爷与家中小厮,表演《忠臣藏》第七段《祇园一力》平右卫门持刀追杀妹妹阿轻的那一幕。少爷演得太投入,竟然真的持刀砍来,吓得小厮自二楼跌落。

(18) 落语中的虚拟人物,多半是十几岁的少年小厮,在《当铺戏》中,他情不自禁在仓库演起了《假名手本忠臣藏》的第三段,不巧被掌柜撞见。

"是啊。面对手放在刀上的判官,他高傲地说'那只手,想、干、吗',非常痛快,有时甚至粗俗地强调'嘎,想、干、吗、啊?'虽然师直这个角色在戏剧中再怎么讨人厌,都不能没风度地讲这种粗话,但在落语表演中,这句话已经呼之欲出,就像骑车下坡般势如破竹,不吐不快。"

依据史实,戏里的高师直就是吉良上野介,而盐治判官则是浅野内匠头。

"真坏。"

圆紫先生笑着点点头,说:"对。判官的角色反倒比较憋屈,顶多只能在显摆官阶时耀武扬威地说上一句'你敢对伯州城主,盐治判官高定……'才能稍感痛快吧。落语还能一人分饰两角,戏剧中演判官的演员就比较辛苦了,肯定越演越郁闷。"

"而且,直到切腹后与由良之助四目相对为止,恐怕都得带着那种'不甘心、好不甘心'的郁闷情绪。"

"没错,这也是我要表演的《淀五郎》的重点。"

这个段子大意是本该扮演判官的演员病倒,年轻的泽村淀五郎受提拔,临时接下重任。可是,情节进展到第四段时,判官都已切腹,在侧边花道上的由良之助却没走上舞台。即使被拼命催促"快点",他也不为所动。原来,饰演由良之助的市川团藏是个资深前辈,他不满意淀五郎的演技,觉得自己"怎么能到那种判官身边去"，所以不肯移动脚步。同样的情况持续数天，淀五郎依旧手足无措。由于不堪在全场观众的注视下继续丢脸，淀五郎决心一死，向著名演员中村仲藏诀别，讲述了这件事。不料，中村展颜一笑，告诉他一个破解的绝招。

"其中有圆紫先生独创的演出方式吗？"

"这个段子非常完美，根本无从更改。我几乎全部照搬前辈的版本演出。"

圆紫先生取出录音带交给我，我不禁愣住。

"这是什么？"

"我的教科书，前代师傅表演的《淀五郎》。我复制了一份，请你听听看。"

奇怪，我仔细琢磨："……'几乎全部照搬'，意思是某些地方还是有细微的差异。您该不会是要考我找不找得出来吧？"

圆紫先生抚着下巴："嗯，这么说也没错。"

"太坏了……我大概也只会落得一句'那只手想干吗'[19]。"

"不不不，"他摇摇头，"被砍我可受不了。"

万一找不出来，我肯定会很懊恼，但我很有兴趣。更何况，在这种情形下，我不可能临阵脱逃。于是我收下录音带，把它放进包里。

---

[19] 也有"那种伎俩算什么"之意。

"落语中也有《中村仲藏》这个段子吧。"

在歌舞伎的世界里,若非名门之子,就永无出头之日,只有这个人能从一个无名小卒升为元帅。

《忠臣藏》第五段短暂出场的恶人定九郎给人留下了强烈的印象。以前的演员都是用传统的方式来诠释定九郎,据说最先用写实的手法重新改写角色,令观众深深折服的演员就是仲藏。

"谈到演出,《仲藏》是个好例子。我从小听彦六正藏师傅的落语长大,后来邂逅了圆生师傅。两位大师的风格截然不同,的确很有意思。"

"彦六先生的版本侧重于'仲藏的妻子'[20]吧?"

"因为'即使做梦也想拥有的,是摇钱树与好妻子'嘛。"

圆紫先生随口唱出彦六版中的都都逸[21]歌词。

"那么,您喜欢哪个版本?"

"当然,圆生师傅的演绎也非常精彩。不过,基于先前提过的原因,我心中的《仲藏》是正藏师傅的

---

(20) 定九郎一角通常由无名小演员饰演,相当于出场跑龙套的。因此,被分配到这个角色后,仲藏一气之下决定退出剧团,但妻子劝他不如换个角度思考团长为何让他出演,他应该设法赋予定九郎新生命。他苦思良久,终于在面店偶遇的武士身上找到灵感。

(21) 俗曲之一,宽政末期至文化初期(约1789—1818年),由潮来节歌谣演变而成。天保末期(1830—1844年),因江户的都都逸坊扇歌在寄席上演唱此曲而引发流行。内容多半表现男女情爱的暧昧。

版本。只是，有个地方令我耿耿于怀。"

"怎么说？"

这种时候最遗憾自己的生不逢时，无法在现场观赏大师的表演。不过，《中村仲藏》是彦六先生的拿手绝活，录音带我倒是有，也在电视节目《回忆名人绝技》中看过。我试着回溯记忆，却仍毫无头绪。

圆紫先生说："段子里的仲藏不是遇见了被他视为定九郎原型的武士吗？"

"嗯。"

仲藏正苦恼该如何表演时，天空忽然下起雨，他只好躲进荞麦面店，碰上了让他觉得"这正是我心目中的定九郎"的武士。

"仲藏不断追问武士穿着之类的琐事，没想到遭到了对方的奚落：'你是演员吧？你要是敢模仿我的模样上台，我可不会善罢甘休。'"

"啊，没错。"我终于想起来了，也意识到圆紫先生想说什么，"那样岂不等于埋下伏笔？"

"的确。后来，仲藏在第五段的舞台演出大获好评，就在皆大欢喜、圆满收场时，武士的那番话却在听众脑中萦绕不去。即便交代结局行礼退场，段子仍然没有结束。表演者都刻意说出了那段台词，按理说武士一定会来抱怨。"

"既然是伏笔，不解决可不行。"

"你猜怎么着？"

根本不用考虑,办法只有一个。

"……最后那位武士现身,可是,由于演出精彩得令他叹服不已,他反倒夸奖了仲藏一番,挥挥衣袖转身离开。这是唯一的可能吧。"

"对。"

"不过这样太啰唆了,好好的段子却成了画蛇添足。"

圆紫先生点点头:"正是。所以,正藏师傅讲的'要是敢模仿我,让观众看到这副模样,我一定会去抗议。记住,我决不会善罢甘休',对我来说是段子中的一根刺。"

"彦六先生为什么要特意说出这段台词?"

"这个我能理解。"

"咦?"

"我听过很多遍师傅的《仲藏》。段子是有生命的,会因时而异。同一卷录音带反复听多遍也没注意到的东西,会在某个时刻突然闪现:师傅在武士的那番话后加上了一句'开着玩笑说'。"

"……原来如此。"

"我初次听到时恍然大悟,这就是师傅的用心。"

"嗯。"

"尽管明白其中的用心,我还是认为这种台词会给段子留下阴影。圆生师傅版本的流浪武士,被仲藏纠缠半天也只是一头雾水,觉得对方很没礼貌。凭借这一点,我认为这个诠释方式比较好。"

7

祖父的日记是手写的,多处已难以辨认,浏览起来无法像一般书籍那样顺畅。不过,我还是勉强读到了昭和六年的部分。

从前,观赏歌舞伎是一项大众娱乐活动,但爷爷似乎特别感兴趣。看戏就不说了,二月十三日这天,他甚至和朋友去参观第六代菊五郎开设的演员学校。

除了舞蹈,学校当天恰巧在教授我与圆紫先生谈及的"第五段",也不知道课上会讲些什么。此外,据说学校还开设有渥美清太郎[22]主讲的"演剧史的明治时代"。

> 丰和丑之助等人都到场听课,某位演小旦的演员还盛妆出席。丑之助的起立和敬礼很有趣。

日记这么记载。翻开平凡社的《歌舞伎事典》一

---

[22] 渥美清太郎(1892—1959),戏剧评论家。

查，昭和六年的丑之助是已经去世的尾上梅幸[23]。果然，过去与现在隔着如此辽阔的时光长河。

也是在这个时候，经典有声电影开始公开放映，在七月十九日的这个周日，祖父连看了两场。

> 听闻道玄坂剧院正在上映《摩洛哥》和《巴黎屋檐下》，遂前往观赏。我忍受着三十二摄氏度的酷暑，看了睽违一年半的电影。据说这是上半年的两大杰作。《摩洛哥》极佳。

从与大学生活有关的日记推测，这年祖父送走了学生生涯的最后一个夏季和秋季。就在刚进入十一月时，出现了一段奇妙的记述：

> 忍　破䏐袖毛太誉太勘破补煅摸补泉当风勘空太周摸随以掷法补云观勇露无

我心生疑惑，往下一看，有这样一段说明：

> 这是谜题。小铃拿来问我猜不猜得出，犹在思考时，她忽然邀我改天去寺庙。我说

---

[23] 尾上梅幸（1870—1934），第五代菊五郎的养子，是扮演旦角的名演员。

不要,她扭头就走,不一会儿又跑来,叫我还她之前那张纸。听她提到寺庙,我随口说开头的"忍",很像戒名[24]上的梵文或空字。她脸色忽然难得一见地苍白,抢走纸就跑掉。当时我已抄下,正苦苦思索,现在此重新记录。如果猜出来,我定要告诉小铃,让她大吃一惊。

这是什么意思?

我接着往下读,但并没有找到关于这个暗号的进一步说明。祖父似乎最后都没弄明白它是怎么回事。

8

周末,我因为工作必须去镰仓一趟。趁着这个机会,我换乘东海道线继续往西,打算去神奈川县郊外的高冈正子家住上一晚。

小正是我大学以来的好友,现在是高中老师。彼此都工作以后,我们便很少见面了。

"嘿。"

小正特地在横跨铁轨上方、位于二楼的车站检票

---

[24] 僧侣替死者取的法名、鬼号。

口接我,她还是老样子,举起一只手向我打招呼。

小正家离车站很近,所以她是走路来的。她穿着卡其色的男款夹克和深蓝色长裤。

"让你久等了。"

"不会。"

小正直接把手收进外套的大口袋。大拇指微微探出头,指尖有一点仿佛沾上食用红色素的污渍,大概是红笔的印子。

"好久没来这里了。"

最后一次来是大三那年,风景变化很大。

"附近新开了一些店吧?"

"的确。"

十一月傍晚的天空,宛若蒙了块大灰布,很是单调。下方隐约可见几抹像用白笔画上的卷云。

"明天去看海吧。"

"好啊。"

"招待你们埼玉人,只要带去看海就行。"

"还不用花钱,多好啊。"

"说得也是。"然后,小正瞥了一眼我挂在肩上的黑包,"不重吗?"

"挺重的。"

"腰看起来都快被压断了。"

"没事,习惯就好。"

当初看到天城小姐的大背袋时,我也曾吓一

大跳。

说起来，我还是头一次在下班后和小正见面。之前，我们多半利用周日的休息时间相约在东京碰面。

"你每次都得抱那么多东西吗？"

"经常这样，因为纸张本身就重啊。所以，稿子重、书本重、校样重、资料重，最后就成这样了。"

"嗯……"

"小正怎么上班呢？"

"我开车。"

"哦。"

我们漫步在古意盎然的街头，看见堆满布匹的商店时，怀旧之情油然而生。迂回的道路逐渐贴近我乘坐的东海道线。货车从身旁疾驰时，黄绿色的货柜箱一闪而过，就像接连丢出好几个方盒子。

小正家在位于铁轨附近的小餐馆。她明明姓高冈，不知道为什么店名却叫吉田屋。走到门口一看，已经开始营业了，所以我们从旁边进去。

我们爬上三楼小正的房间，桌上的茶点是本地特产——撒满砂糖的花生。

"小正是不是还带着花生来过我家？"

"有这回事吗？"

"有啊。不过这种裹砂糖的，我是在第一次来你家那天在这间房里吃到的。"

我捏起花生放入口中。用力一咬,花生与砂糖在齿间碎裂的口感非常美妙。

"……真不好意思,我只有一点模糊的印象了,对不起。"

"哪、里,用它配茶非常美味。不记得了吗?你还专程带我去过那家店。然后,我想着难得来一趟,心一横买了个最大袋的包装。那是在春天里一个暖洋洋的日子。"

小正若有所思:"这么一说,那……好像确实发生过。"

"可是,这种花生太甜了,容易吃腻。"

"哦。"

"回家后我得意地把它拿出来炫耀,结果没想到爸妈和姐姐都只盛了一小碟。东西是我买的,我只好拼命强调'好吃、好吃',像松鼠抱着核桃一样捂在怀里。虽然我已经很努力在吃了,花生还是没减少多少。"

"嗯……"

"最后,一大半都受潮了。"

小正抱起胳膊:"要把现在这盘撤走吗?"

我笑出声:"不用啊。我想说的是很怀念那时候的自己。这是种回忆的味道。"

"是吗?"

"嗯,口感很好,还是很好吃的。"

我又嚼得咔嚓响,小正也跟着咔嚓咔嚓地吃起来。

9

当我们天南地北聊得正起劲时,楼下传来小正妈妈的呼唤。小正立刻咚咚咚地下楼。

不久,她拿着电话分机上来。

"有电话。"

这倒是意外。

"找我的?"

"不是。"

"啊?"

小正递给我话筒,说:"找我们的。"

我一头雾水地接过话筒,那边传来温婉的嗓音:"喂,猜猜我是谁?"

"江美!"

她结了婚,住在九州。学生时代,我们三个经常形影不离。

目前她任职于 Telephone Answering Service(电话应答服务公司)。虽然英文名看起来很洋气,但其实就是家电话秘书公司。客户登记后,她们负责接听找客户的电话,并代为应答,据说有大概五个人随时待命，但电话仍整天响个不停。"这份工作的乐趣何在？"我问，她回道："有时我上一秒还是作曲家的秘书，下一秒就成了土地房屋调查员的秘书，或是建筑公司的事务员。大概是一种配合对象不断变换身份的乐趣吧。"或者说，是一种"当女演员的乐趣"。

"我打电话到埼玉找你，可惜你家人说你要在小正家过夜，真没意思。"

"哪里没意思了？"

"因为你真的在小正家啊。"

"要不然我该在哪儿？"

"在哪儿都无所谓，只要不在小正家就行。这样事后我就可以找你算账了。"

"你这是什么恶趣味？"

"反正你们都在，一网打尽了。"

"应该是一石二鸟吧，我们只有两个人。"

"也对。反正事情我已经告诉小正了，你自己问她吧。"

"你这什么态度啊？"

"嘿嘿。"

小正似乎猜到电话是什么情况了，于是摆出抱东西的姿势，假装在哄宝宝，还在脸颊边蹭来蹭去。这样的行为看起来和她很不搭。

"啊，难道是？"

因为太过突然，害我冒出了一句这样的傻话。

"没错。"

"那得好好庆祝一下。"

小正忍不住插嘴:"喂,应该先说恭喜吧。"

糟糕。

"恭喜!"

"谢谢。"

"什么时候生?"

"大约是明年五月。"

江美在学期间就结婚了,但一直没听她传出怀孕的喜讯。现在仔细想想,即使她早就当上了妈妈,也不足为奇。

"那夏天我和小正再去看宝宝。"

"我等你们。"

小正拿电话下楼,回来说:"这个丫头都要当妈妈了。"

我眼前浮现出一个长相酷似江美的小婴儿。

"很适合她呀。"

"倒是没错。"

我参考姐姐讲过的话,提议:"说到贺礼,这种新生儿家庭很容易收到相同的婴儿用品。所以,我们不如挑几件宝宝开始学走路时穿的衣服,选那种漂亮时髦的,你觉得怎么样?这样,当妈妈的还会有'再长大一点,就能穿这件。再过一阵子……'的期待。等终于合身时她肯定会拍照,接着便会想添上几句话，寄给当初送衣服的朋友吧？这样一来，不仅能重温友情，还能让对方知道，小婴儿已大到能穿上对方送的衣服了。再说了，这样的衣服永远不嫌多，哪怕送重复了，也不会让收礼物的人感到困扰。"

"我说你啊。"

"什么？"

"还是老样子，总是想太多。"

"可是，你不觉得这主意很不错吗？"

最后，我们决定等到五月预产期时再一起去买礼物。

"对了，讲到想太多……"

我从靠墙的包里取出祖父的日记，翻到有神秘文字的那一页。

"这是什么东西？"

我解释说这是祖父的日记，小铃是寄宿人家的女儿等。

"这篇写于昭和六年。也就是小正你念小学的时候吧。"

"去你的！"

"我觉得还挺适合当聊天话题的，所以特地带来了。怎么样，老师，有没有灵感？"

小正眯起眼打量："看到这样排列的汉字，我的第一反应是先算字数。"

接着，她便以食指逐一点数文字。

"我也算过了。"

"呃,先不管这个单独隔出来的'忍'字,从'破'到'无'一共有三十一个字。"

"跟目测的差不多。"

"不管怎么看,这都是和歌[25]吧。"

"嗯。"

"如此一来,一个汉字对应一个假名发音。"

"嗯嗯。"

小正瞪着蓝色的钢笔字迹,过了一会儿继续道:"想不出个所以然,又不是万叶假名[26]……"

"那单独隔开的'忍'字呢?"

"当然是为了暗示下文是'歌咏隐忍的暗恋'。"

"这么说,小铃爱上了我爷爷?"

"'爱上老爷爷'的解释听起来太奇怪了,虽然说是一个新奇的角度。咦……"她歪起脑袋,"这是什么字?"

她指的是开头接在"破"下面的"牗"字。我原本也不认识这个字。

"查日汉词典,字形虽然不同,但都是'窗'字。"

---

[25] 日本的固有诗歌,相对于汉诗而言。以五音节和七音节的音律数为基本,包括五七五七七共三十一字的短歌,及五七重复超过三次后以七结束的长歌等。平安时代后以短歌为主。

[26] 《万叶集》编纂时,日本尚无假名文字,因此借用来自中国的汉字。不考虑汉字的原意,只取其发音来标记日文。

"哦。那不就表示，请'破''窗'而来找我约会？挺热情的嘛。"

"'窗'破山河在？"

"少跟我耍嘴皮子。"

"接下来的'袖毛太誉'是'被赞誉袖子的毛很粗'[27]？"

小正噘起嘴："我知错啦。"

"主要是用汉字的意思来解释，前提不就全部瓦解了吗？你不是说'一个汉字代表一个假名发音'？"

"不然怎么办？你有啥好点子吗？"

"没有。我也跟你一样，钻进了死胡同。"

"我就知道。反正我再怎么想也只能想到这些。"

"可是，'小铃'当时是问'你猜得出吗'。如果根本无解，就不会特意拿来让人猜吧。"

"不管怎样，我们的依据只有一页日记，还是其中的寥寥数行。一般来讲，我们要还原事物所处的时代和场景，才能理解它的含义。或许破解这个暗号的关键信息是当时普遍的常识，但'现在'不等于'那时候'，我们现在想理解恐怕就很困难。"

"这倒是言之成理。"

小正摇头说："三个臭皮匠赛过一个诸葛亮，可惜我们现在只有两个人，想不出来也是没办法的事。"

---

[27] 日文的"太い"是"粗"的意思。

10

初冬的夕阳早早西沉，窗外一片漆黑，小正说"出门吧"。虽然她家就是餐饮店，但她还是打算去外头觅食。

这时店里生意应该很忙吧，她反而要父亲去旁边的停车场挪车，以便她开出自己的车，真令我感到非常不好意思。

发动引擎时，她问："你想吃什么？"

竟然问这种废话。

"好不容易来到这里，当然是鱼呀，鱼。"

"说得也是。"

这一带没有渔港，捕鱼船不会直接在此卸货，但鱼可以从附近市场送过来，那些超市陈列的可是从自家门前的海里捞到的鲜鱼。

行驶到半路时车钻进了旁边的岔道。我还以为有什么不为人知的宝藏餐厅，结果确实是卖吃的，不过是卖豆子的。原来是听完我刚才的话，小正决定"先去买伴手礼"。

这条不是大马路，所以四下昏暗，唯有那间店亮得像童话般不真实。

"我们以前是来这家？"

"我也不确定，这边太多卖花生的店了。"

我跟随小正走进明亮的店内。

"欢迎光临。"

招呼声传来，看店的是两个女人。我浏览着陈列的商品，当然，它们也有小包装。人要懂得从错误中吸取教训，这次我打算买小包装的。我隔着玻璃柜，指着裹砂糖的花生说："我要买这种。"

"啊，那个卖完了。"

柜子里展示的是样品。很遗憾，裹白砂糖和裹黑糖的都被一扫而空，果然很抢手。小正见状说："明天回去前我再带你来一趟。"

"可是，我打算明天上午就告辞。"

"这家店开得很早。"

我想了想，说道："没关系。如果有缘，应该能重逢。"

"你真是个怪人。"

最后，我买了轻度烘焙的原味花生。袋子标签上用红字大大写着"落花生"。

"这个可不能送给考生。"

"怕学生落榜吗？"

"对呀。"

"但也可以说……"小正的手指逐一滑过金色标签上的字，"即使凋落，花还会再开，生命继续。"

"那不就得多耗上一年？"

"嗯，看来还是不吉利。"

店员在包装时，我拿起了店里的火柴盒。抹茶底色画上落花生的图案，以黑体印着"でんわ（电话）

おはこ"。

看着火柴盒侧边的电话号码，我有点纳闷。

"这样，是'おはこ'？"

"啊？"

"不是'085'(28)啊？"

瞥见那个词的瞬间，数字"085"浮现在我脑海。然而，小正轻松地将我一招击毙。

"笨蛋。讲到'おはこ'，当然是指'十八番'(29)。"

原来如此，0018。确实是这样，我无话可说。感到丢脸的同时，我不禁想到，要是换个角度，或许也能从小铃那行奇妙的文字中看出点什么来。

准备离店时，一个小老板模样、戴着眼镜的高个子从里屋探出头问："小正，要不要吃柿子？"

"啊，我跟朋友在一起。"

"那你带回去吃嘛。"

他指着左边，那好像是主屋。

我先回到车上，窝进副驾驶座。小正则迈出店门，走向店主住宅的玄关。那边的门敞开，小正与对方交谈着。从车窗望去，她修长的身形在长方形门框

---

(28) おはこ念为OHAKO，与"085"的日文发音相似。
(29) おはこ原指存放贵重物品的"御箱"，之后写成"十八番"。据说，最早是因为江户时代歌舞伎的市川宗家，将拿手好戏"歌舞伎十八番"的剧本保存在箱中，一般歌舞伎演员都称拿手戏为十八番，引申为强项绝活之意。

的光影中，宛如一幅剪影画。

我大学认识她时，一开始叫的是"高冈同学"，之后改口"小正"。这次听到陌生人也这么叫她，或许是头一回。不，的确是头一回。我忽然感到很不可思议，像是不经意窥见她不为我所熟悉的另一面。

当然，这里原本就是她生长的地方，有她生活的轨迹。我也再度意识到这一点。

小正接过一个看似超市购物袋的塑料袋。袋子鼓鼓的，好像很沉，大概装满了柿子。是啊，这时候柿子的果实都已染上成熟的色彩了。

几年前，我住的地方也有户人家邀请我们"来拿柿子"。电话总在深秋时节响起。

自从那家的太太过世后，那样的交情就随之消失了。世事无常。

不过，柿子树并非那家独有。从我家二楼窗口放眼望去，能看见丰饶的秋天的果实，像是被笔尖画上的点点橘色。不久前我才发现，却不知不觉淡忘了。我决定下次外出买东西时，绕到那棵树旁，瞧瞧柿子有几分成熟。

回到驾驶座的小正把袋子交给我。我接过，把它放到双脚之间，调侃她："小正真是本地的人气王。"

她哼地嗤鼻一笑："那还用说。"

我突然想起一件事："欸，在我家吃花生时，我们也一起吃了新潟县的特产柿种米果，你记得吗？"

"好像有点印象。"

"花生与柿子果然很有缘。"

之后,小正便带我前往那家美味的寿司店。

我们也加点几样单品。小正看了一眼白鱼就夸好,店员不禁面露喜色。"他们知道我挑剔,不敢拿随便的货色敷衍我。"小正说。同一个区的小餐馆家女儿上门光顾,他们怕是很难做生意。餐桌上连装在大碗里的味噌汤都十分可口,我原本食量不大,也忍不住吃多了。

丢脸的是,我睡前不得不向小正讨了颗胃药。

11

第二天,我终于看到了海,听见了涛声。那是初冬风平浪静的祥和海洋。

小正任由刘海随风翻飞,开口道:"住在海边,表示能看见……会看见怒涛汹涌的大海。"

"意思是?"

"游客很少在台风时来,他们通常来这里看完海洋美好的一面,便满足地打道回府。"

"啊,的确。"

"男女交往到谈婚论嫁的地步,也意味着两人将看到彼此的另一面。就像是看到这片没有半点蔚蓝、浑浊乌黑、白浪滔天掀起漩涡的大海,不能逃避,必须面对。"

一迈步,脚下便发出沙沙声。

小正的浓眉和那个与我一同聆听《安魂曲》、又在婚礼上重逢的男人有点相似。

午后,我去乘坐东海道线。还记得学生时代,小正和我聊天时心情一放松就会自称小弟。然而,这次她没这么说。虽然我有些伤感,但无论是谁都不可能总是守着回忆生活。

我任凭电车摇晃,思考起那行文字。依小正所言,解开这个谜团需要诸葛亮的智慧,我们还差一个人。不过,我的诸葛军师就是圆紫先生。下次见他要等到月底的落语表演会结束,届时,我打算请教他这个"考题"。

上回,圆紫先生以演出的"伏笔"为话题,指出伏笔一旦埋下,必定在之后派上用场。

这么一想,我觉得这道"考题"似乎也早有伏笔。在很久以前的一次会面中,圆紫先生曾把在轻井泽追分看见的一行数字写给我看。

　　　　八万三千八三六九三
　　　　三四七一八二四五十
　　　　三二四六百四亿四六

见我歪着头一脸疑惑,圆紫先生便教我用假名读音来拼凑汉字解读。

山道寒寂一家处,每夜身染百夜霜
(山道は寒く寂しな一つ家に夜每身に染む百夜置く霜)

那是一首和歌。

他曾让我见识过这样的解读方法。所以,哪怕是如此久远的谜题,他或许也能像阳光照进阴暗的角落那样,为我揭示答案。

12

说到谜题,接下来那个周日,姐姐带着孩子回娘家玩。我染上感冒,有点咳嗽,要是传染给她们就糟了,以防万一,我特地戴了口罩。没想到,从婴儿逐渐长成儿童的外甥女一步一步走近我。

"胡、子!"小娃娃大叫。

"口罩看起来像胡子吗?"

姐姐摇摇头:"不清楚为什么,最近她老是这样叫。"

原来如此,小娃娃哪怕去找母亲,喊的照样是

"胡、子"。见我哧哧笑,母亲告诉我:"你以前都喊'欧呸七'。"

"欧呸七?"

"我一直问你那是什么,你不知道是觉得好玩还是怎样,整天不停地重复着'欧呸七'。"

那也是个神秘的字眼,连当事人自己都听不懂。看来大家都是带着许多谜题逐渐长大的。

姐姐离开后,傍晚快递送来包裹。母亲收下后说:"是寄给你的。"

现在就送新年贺礼为时尚早,况且我也不是那种可以收到礼物的身份。我暗自纳闷,走进厨房拿起包裹。

"是什么?"母亲问。

"不知道。"

嘴上这么回答,但话才讲完,我便灵光一闪:"啊,我知道了!"寄件人是小正,包裹约有点心盒那么大。拆开一看,是个粉红色的盒子。取下盖子,果真是混合花生礼盒。五个包装袋子如同骰子上的五点塞满盒内。正中央是带皮花生,对角线上则是裹黑糖和裹白糖的各两包。友谊万岁。"今晚得赶紧打电话去道谢。"不仅收到礼物,还有了打电话的理由,我开心不已。

包裹从小正住的城镇来到我所在的城镇,为我俩牵起一条线。

13

《忠臣藏》的落语会在百货公司楼上的展演厅举行,宽敞的会场呈现爆满的空前盛况。

一开始的《当铺戏》,据说是来自关西的段子,这次也由关西的大师表演。

接下来,就是圆紫先生的《淀五郎》了。

今天我有事求教,不过在此之前,得仔细思考圆紫先生出的《淀五郎》"考题"。

先代大师的录音带我反复听了很多遍,遗憾的是,圆紫先生版的《淀五郎》没制成录音带,所以我无法作弊。

于是,我比平时更认真地聆听。如圆紫先生所言,表演几乎完全照本宣科。或许就是因为没什么个人特色,才把这段从选集中剔除的吧。不过,这并不表示段子的内容无趣,而是它只能这么演。

要不是有圆紫先生的提示,我估计听不出与先代的差异。幸好,我总算……似乎总算找到了答案。

表演结束后,我离开会场,走进大马路对面的咖啡店。因为这家营业到比较晚,圆紫先生便指定在此碰面。

"怎么样?"

圆紫先生一坐下便问道。他的演出早已结束,所以来得很快。

我小心抬起眼,诚惶诚恐地回答:"……'糟糕,搞砸了'。"

圆紫先生会心一笑，向服务生点了杯可可。

"对吗？"

"嗯。"

我松了一口气："那句台词就是《淀五郎》的'刺'吧？"

"没错。"

录音带中先代的版本是：即便频呼"快点"，团藏仍站在花道上不肯移动，淀五郎见状咕哝"糟糕，搞砸了"。

"您这么一提，我就不能不留心那句话了。"

"是的，他不该在那个地方意识到自己'失败''演技太差'。"

圆紫先生版的淀五郎在那一幕狐疑地说"这是怎么回事"，一时之间还无法理解现场的状况。

"那么，在休息室里，淀五郎面对团藏的心情自然也会有所不同吧。"

"对。团藏看着低头的淀五郎，说'我也正想叫你来'，显然是打算骂他。然后，淀五郎回应道……"

我回想着那一幕，试着背诵台词："'请问，原本就有由良之助不来判官身边的表演模式吗？'"

"是的。青涩又认真的淀五郎如果意识到自己的问题，绝不可能装傻，或者该说，他肯定开不了口，估计会不停地鞠躬道歉。"

我点头附和:"听对方说出'请问有这种表演模式吗',团藏的反应,根据现在的说法,大概是抓狂吧,这很正常。而那句'有这种模式吗'确实非常巧妙。"

"对。这话隐藏着淀五郎的年轻与纯朴,他可能想着'即使没人知道这种令观众大跌眼镜的表演方式,戏骨团藏也一清二楚'。如此一来,前面那句'糟糕,搞砸了',就的确很'糟糕'了。"

圆紫先生喝了一口桌上的可可,继续说:"现实中,能立刻察觉到自己失败的醒悟方式才更自然,可是,在那种情况下,淀五郎最好保持丈二和尚摸不着头脑的状态。临时受到重用的他,笼罩在喜悦的光环下,还来不及想太多,才会脱口而出'有那种表演模式吗'。此外,正是这样的淀五郎,在遭到团藏斥骂'干脆真的切腹吧'时,他也不会插科打诨,而是一脸茫然地回答'真的切腹会死掉的'。"

我欣然领会。

"那,这段通常是怎么演的?"

"昭和时期最棒的《淀五郎》,无疑是圆生大师的版本。他的是'糟糕,失手了'。而志生大师的版本也同样意识到自己的失败,这点实在让我有些介怀。"

圆紫先生的嗓音柔和悦耳,就像说起自己最喜欢的人:"在正藏大师的版本里,这段是'不来我身边,我也没办法……'听者会觉得那根'刺'被莫名拔除了。"

"原版呢?"

"你指的是以前的版本吗?讲到落语不得不提到的人,就是名家中的名家,第四代橘家圆乔。事实上,'春樱亭圆紫'的名字也是他替初代取的,与我们缘分极深。你要是看他的表演内容速记……"

"嗯?"

"他的版本中,淀五郎在舞台上心生'疑惑',谢幕后立刻前往休息室。"

"原来如此。"

"然后,淀五郎对团藏说'我让您很难演吧'。这句'让您很难演',圆生大师的版本也说了,但比起承认失败,更像不成熟的同剧演员惯常的客套,所以他接着说'请问那是哪一种表演模式'就没有违和感。"

圆紫先生又补上一句:"当然,这只是我个人的感想,或许听众并不在意。"

14

"《忠臣藏》是歌舞伎的代表作,关于背后的演艺甘苦也不胜枚举。其中,我最喜欢尾上多见藏的故事。他是个非常用功的人,出外巡演时,他想尝试一些平常做不到的表演。于是，在演到由良之助急忙赶到的这一幕时，他衣冠不整、蓬头乱发地走出花道。没想到结束后有一名观众问他'还有这样的表演版本吗'。"

"简直和淀五郎一样。"

"他边在心中暗笑对方怎么连这个都不懂，边回答'那是我特别设计来表现慌张的模样'。对方接着说：'不愧是音羽屋[30]。但……'在第四段，有由良之助凝视着判官切腹用的刀子，决心报仇这一幕。'如果真要这么做，也不该在判官府门前，而应该等回到家没人看见时独自完成吧。'尾上心想，这家伙还真是个笨蛋，便撇开脸不再理会。对方却肃然端坐，继续说道：'这就是问题所在，音羽屋先生。这出戏可是《忠臣藏》，而你是首席演员。由良之助在观众面前的第一次现身，以那副模样出场真的好吗？'多见藏心中大惊，穷乡僻壤原来也有可畏之客。他连忙道谢，第二天起就按照正常模式表演。"

"噢，这真是一段小小的佳话。"

"这也告诉我们不可以轻视别人。此外，写实主义并非万能。无论是歌舞伎、落语，或是其他任何领域，都得用符合那个世界、那个身份的方式去接近普遍的真实，一旦偏离那条路线，就会变得十分怪异。

---

(30) 歌舞伎演员的屋号，源自初代尾上菊五郎的父亲音羽屋半平。

我在诠释落语时也都尽量小心,不让自己落入刻板道理的窠臼。今天的段子,我自认为不是根据道理在表演,而纯粹是因为那样演最自然,不然会很别扭。"

"是。"

演艺的话题告一段落,我慢慢拿出那本布面日记。

"这是什么?"

"有件事想请教您。"

"哎呀呀。"

或许是我自作多情,但圆紫先生似乎颇为开心。

我说明日记的来由,接着翻到疑点所在的那页。

"嗯。"

圆紫先生读着那行文字和接下来的叙述,沉思半响。我忍不住悄声问:"怎么样?"

圆紫先生咕哝道:"你爷爷居然没解开这个谜……"

"咦?"

"啊,不是。可能是因为当局者迷吧。"

我惊讶得目瞪口呆,难道大师已猜到答案?每次都这样,按理说,我早该习惯圆紫先生的魔法,却仍不由得拼命眨眼。

圆紫先生面向我,问道:"那你解读到什么程度?"

"呃,只知道大概是和歌……"

"我想也是。那么,你认为上面单独隔开的'忍'字有何意义?"

"要是我知道,就不用特地带来了。"

"是嘛。哎,我认为这是破解下面暗号的关键呢。"

"哦。"

"'忍',也就是'心'在'刃'的下方。要注意这里——看'刃'字的底下,应该没错吧?"

"这个'心'代表'想说的话'吗?"

"对。"

"刃"字底下指什么?莫非在哪里囤放大批日本刀?我毫无头绪。哪怕大师如此提示,对我来说这依然是"谜题"。

"我的思路好像还是没啥进展。"

"是吗?嗯,其实,我也无法马上提出百分之百确定的解答。不过,证据这么充足,应该有九成把握。让我多调查看看。"

"必须查证某件事物才能确定吗?"

"对。所以……如果证实如我所料,我再打电话给你。"

我的心情很奇妙。就像原以为"绝对买不到"的东西,别人却轻松地告诉你"搞不好有地方在卖",感觉相当不可思议。同时,也有种"真的能得到吗"的焦虑。

圆紫先生脸色一变,仿佛心情突然转变。

"所谓的谜,一旦解开后,往往觉得不过如此。最近我们一直在谈《忠臣藏》的话题,说到义士复仇是哪一天……"

这个日期上次也提过。

"十二月十四日。"

其实,事件是隔天发生的,所以有人认为十五日才正确。但从以前开始,只要讲到赤穗浪士的进攻,大众的脑海便会反射性浮现出十二月十四日。

我也一直这么认为。岂料,森田诚吾[31]先生的《江户之梦》里提到,"换言之,这群浪士是在早于凌晨四点的前夜,也就是十四日深夜群起复仇,因此进攻是在十二月十四日,这是幕府承认的日期"。他还补充,原本"江户就是奉行阴历的世界,并没有过夜间九刻(现在的午夜零点),便等于今天已过的规矩"。经他这么一解释,我不免感慨"啊,的确是"。

说起来,如果按照目前的历法,那个日期不大可能下雪,不过既然是旧历,那白雪堆积也不足为奇。

"我在演出上深受《忠臣藏》之惠,心想该去泉岳寺[32]上香祭拜一下,于是特地前往。我思索着,若

---

(31) 森田诚吾(1925—2008),小说家。描写东京下町的《鱼河岸物语》获直木奖。
(32) 位于东京都港区高轮的曹洞宗寺庙,号为万松山。浅野及赤穗义士皆葬在此地。

要纪念，就选起义进攻的这天，谁知道游客竟然多到令人无法动弹。"

"大排长龙是吧？"

"对，简直像中元节假期时的高速公路。更出乎意料的是，从上方的墓地走下来的游客都在擦拭眼角。"

"噢。"

"连看似在任何情况下都不可能哭的人也双目含泪。是因为十二月十四日的特别气氛吗？哪怕真是这样，只是来祭拜，这样的现象也实在太异常了。上面究竟有什么令人动容的事？我非常好奇。"

"是啊。"

"等我爬到上方，谜底终于揭晓。你猜是什么情况？"

"该不会是有人演讲吧？"

"不对，其实是一个科学答案，原理类似切洋葱。"

"洋葱？"

这个词未免出现得太突兀了。圆紫先生补上一句："要看是什么地点。"

我恍然大悟："是线香。"

"没错。进入墓地前，大伙儿都买了香，上面简直烟雾弥漫。地方狭小，人挤得水泄不通，离开时一定都被烟熏得流泪。我眨眨眼，擦着眼角，恍然大悟道:'啊,就是这个,就是这个。'"

那泪水,也算是一种东京的冬季风情画吧。

15

数日后,圆紫先生打来电话:"我确认过了,果然是和歌。"

"这么说,您看懂了吗?"

"对。出自《万叶集》,但形式略有不同,似乎后来被改写过。"

"是情诗吗?"

"不知道,你最好自己确认。"

"啊?"

还以为圆紫先生会告诉我答案,这样他不就像是不肯从花道过来的团藏,淀五郎还真不知如何是好。

"这个谜题,说到底是你爷爷的私人物品吧。我认为由他的孙女来探究会更有意义。"

"可是……"

圆紫先生像要帮忙推一把上坡的板车那样鼓励我:"我已经知道答案了,你也应该猜得出来。记住,你好好想想拿给我看的到底是什么东西,就像寻找失物时,我们总有一定的搜寻范围。答案其实远比你想的简单。"

经他这么提醒,我仿佛中了催眠术。原先以为绝不可能的事,现在竟开始觉得像翻开书本,瞧瞧上面的文字般轻而易举。

圆紫先生继续道:"还有,谜底解开时,你会发现:万物皆有命定的机缘,自己是在应该发现的时候发现了这本日记,这或许是比那行文字更大的谜团。"

放下电话,我立刻着手处理圆紫先生口中的"简单"作业。

圆紫先生提到的解谜线索是什么呢?是"这本日记的来历",我是依父亲的说法直接转述的。然后,就是日记的这部分文字:

忍　破胭袖毛太誉太勘破补煅摸补泉当风勘空太周摸随以掷法补云观勇露无

这是谜题。小铃拿来问我猜不猜得出,犹在思考时,她忽然邀我改天去寺庙。我说不要,她扭头就走,不一会儿又跑来,叫我还她之前那张纸。听她提到寺庙,我随口说开头的"忍",很像戒名上的梵文或空字。她脸色忽然难得一见地苍白,抢走纸就跑掉。当时我已抄下,正苦苦思索,现在此重新记录。如果猜出来,我定要告诉小铃,让她大吃一惊。

仅止于此。如果说光凭这两段文字就能破解，那么其中应当隐藏着解谜的关键。

显而易见，只有"小铃"提议"去寺庙"。之前我漫不经心地略过，但既然特别点出这段文字，哪怕是一句话，或许都别有深意。

对递出暗号的小铃来说，谜团被轻易破解可不好玩。但对方要是一筹莫展也没意思，所以她才会给提示。去寺庙就能发现什么——她该不会是在进行提示吧？很有可能。

问题是，东京的寺庙（通常号称某某山）虽然盛况不及京都，数量恐怕也堆积如山。光凭"寺庙"，根本无从下手。

忍不住叹气之余，我不由自主地瞪大了双眼。

圆紫先生为何特地谈到游泉岳寺的往事？"小铃"的"寺庙"如果是提示，圆紫先生的泉岳寺就同样是提示。因为，祖父那时不正"寄宿在高轮"？

高轮肯定还有别的寺庙。但就像在纽约谈女神，理所当然是指自由女神，在高轮，要外地人去寺庙，指的大概是泉岳寺了。

这下，我茅塞顿开。我竟然反应这么迟钝！

答案一直就在我眼前，解谜的关键就是《忠臣藏》。

16

第二天恰好是周日。我迫不及待地早早出门，十一点时便抵达地铁泉岳寺车站。

出站后来到地面上，车辆从宽阔的马路呼啸而过，眼前是极为普通的东京街景。但一想到很久以前还是学生的祖父也曾经来过这里，便莫名觉得有种怀旧气息。

时间刚进入我诞生的十二月，又称极月。天气有时寒冷刺骨，不过今天的阳光很温暖，照耀着人行道的白地砖。赶在午餐前买完菜的阿姨，双手拎着鼓鼓的塑料袋，踩着自己的影子般缓缓走过。

万松山泉岳寺就在车站前，一眼就看得见大门。

圆紫先生提过参拜的拥挤人潮令我生畏。然而，或许因时值上午，来寺的民众稀稀落落。

门口不知何时竖起了"高轮高等学校·高轮中学"的看板，似乎要穿过寺院才能进学校。不知道小铃是否念过这里的学校？

我徐徐前行。

眼前，特产店并列成排，其中一家的檐缘挂着几个形似山鹿流的阵太鼓[33]，底下坐着看店的大叔。

前方悬着"泉岳寺"匾额的大门好像才是寺庙的

---

[33] 《假名手本忠臣藏》中，大星由良之助指挥赤穗四十七浪士进攻时敲击的山鹿流阵太鼓极为出名，但实际上并无这种大鼓，纯属虚构。

山门。右边气派的台座上立着一尊武士像,怎么想都该是大石内藏助。不过,也许是昨天自由女神掠过脑海,看到这尊像的姿势和台座,如果再单手举起火把,简直跟从法国远渡重洋的女神像一模一样。

接着,我往左前进。

我十分好奇家中藏书有没有哪本提到泉岳寺,于是临出门时随手翻阅了岸井良卫编辑的《冈本绮堂·江户故事》(青蛙房出版),书中如此描述泉岳寺的香火鼎盛:"虽然武士仅有稀疏几人,但工匠商贾、附近百姓,尤其是商店老街的妇女孩童,犹如出门赏花或看戏般盛装打扮,互相簇拥、推挤着聚到香烟缭绕的前方。那种华丽,那种热闹,实在不是言语能够道尽的。"

提到香客中武士不多,我恍然大悟。这里果然是《假名手本忠臣藏》"舞台演员们"的墓地。观众身为目击者,了解一切来龙去脉及相关人物,才会想参拜致意。时光的洪流,将真假虚实混在一起,合而为一。

如果是来祭拜现实世界里的真人,肯定也得去吉良先生的墓看看,那是人之常情。

对,《忠臣藏》指的正是《假名手本》。据户板康二[34]的说法,现今流传的《忠臣藏》是由竹田出

---

[34] 户板康二(1915—1993),本为歌舞伎评论界的第一把交椅,后在江户川乱步的劝说下成为推理小说家。

云[35]等人写于义士复仇后的第四十七年，在第六段用了四十七次"金"字，开幕的响板打四十七下，似乎是规矩，而这些都与起义人数为"四十七"有关。再加上四十七是"伊吕波歌"[36]的假名字数，于是称为《假名手本忠臣藏》。

假设小铃列出的每一个汉字，都能对应一个平假名。

在高轮说到寺庙，就会想到泉岳寺；说到泉岳寺，就会想到四十七义士。如果各用一个汉字代表他们呢？接着再用假名替换，大星由良之助——也就是大石内藏助，应该会等于假名开头的"い"吧。我如此推测。

继续往前，线香的味道渐浓。原以为参拜者还少，没想到根本不是那么回事。此时，恰巧一批游客走下墓地，由持绿旗的导游在前面带路，目测也多达四十七人。

入口处，有个大叔在为框了木边的炭炉生火。我买了两把香，请他帮忙点燃，又想起圆紫先生的话，于是问了一句："每逢义士起义进攻那天，一定有很多人来吧？"

---

(35) 竹田出云（1691—1756），净琉璃剧作家、表演家。
(36) 将平假名四十七字以每字不重复的原则写成的七五调诗歌，也是学习日本文字最有名的一首诗歌。开头的前三个字是いろは，所以称为伊吕波（いろは）歌。

大叔一边甩着香头让火苗变小,一边回答:"是啊,为这个耗去一万都不算什么,起码都是两万。"

我大吃一惊。那不是两万炷香,而是两万把香。

墓地已有访客,是四名同样身穿浅葱色和服的女人。团体客烧的香犹有烟雾缭绕,果然熏得双眼刺痛。

登上石阶,我瞥见紧靠右侧的墓碑,不禁轻叫一声。简朴的五角石碑上刻着:

神崎与五郎则休
刃 利 教 信 士
行年三十八逝

碑文出现"刃"字。旁边则是:

三村次郎左卫门包常
刃 珊 瑚 信 士
行年三十七逝

我将左手的菊花分别放在两人墓前。行行文字,无声并列,仿佛历经远超半世纪的时光,静待我的到来。

圆紫先生早知道赤穗浪士的戒名会冠上"刃"字,才会说"从情况证据判断,应该没错"。

也可以想象得到，生于高轮的少女肯定是望着这座被许多"商店老街的妇女小孩"造访的寺庙逐渐长大的。

祖父看见文字排列时联想到"戒名"，意外说中答案。

连我也能体会当时小铃为何"脸色忽然难得一见地苍白"了。虽然是自己设下的谜题，但眼看对方即将向前迈出一步时，仍不免害怕。

"心"在"刃"的底下。

之后，只要按顺序捡拾文字就行了。

大石内藏助的墓碑位于最后方，确实是"伊吕波歌"的出发点。由于它在右端，我只能逆时针数去。

　　大石内藏助　　　忠诚院刃空净居士　い

"刃"下面的字是"空"。我便一边给各墓碑插上几支线香，一边绕行。

吉田忠左卫门	刃仲光信士	ろ
原惣右卫门	刃峰毛信士	は
片冈源五右卫门	刃勘要信士	に
间濑久太夫	刃誉道信士	ほ
小野寺十内	刃以串信士	へ
间喜兵卫	刃泉如信士	と

206

矶贝十郎左卫门	刃周求信士	ち
堀部弥兵卫	刃毛知信士	り
近松勘六	刃随露信士	ぬ
富森助右卫门	刃勇相信士	る

走完一横排后,我折返原点,逐一抄写谜题中的文字,并添上"伊吕波歌"的相应假名。"空"是"い","仲"是"ろ"。在旁人眼中,我大概像个搞历史研究的女学者。我还不至于厚着脸皮地说自己像专攻历史的女大学生。

不经意一瞧,穿着同样和服的那群人,白色腰带末端各以银线绣出一个汉字,可辨认出"由"和"实"。其中一名戴眼镜的女子主动找我搭话:"你在研究这个?"

"对。"回答后,我忍不住问,"你跟朋友一起来祭拜吗?"

"没错,我们是赤穗义士的后代子孙。"

"噢,这样啊。"

见我恍然大悟般用力点头,另一人朝眼镜小姐的袖子打去,四人开怀大笑。明知她小小戏弄了我一下,那份爽朗却令我无法生气。

"我们要表演日本舞《忠臣藏》,所以想来打声招呼。"

"原来如此。"

我再度点头。腰带上的文字,想必是取自舞蹈节目中的角色姓名。想来,《忠臣藏》的影响还真是遍及各领域。

我继续走进左列。

大石主税	刃上树信士	を
堀部安兵卫	刃云辉信士	わ
中村勘助	刃露白信士	か
菅谷半之丞	刃水流信士	よ
不破数右卫门	刃观祖信士	た
木村冈右卫门	刃通普信士	れ
千马三郎兵卫	刃道互信士	そ
冈野金右卫门	刃回逸信士	つ
贝贺弥左卫门	刃电石信士	ね
大高源五	刃无一信士	な

跳舞的那群女子下台阶离去。四周宛如沐浴在温柔日光中的谷底,变得好安静。

我来到入口。此处是四角形的第三边,也是我最初发现蹊跷的地方。

神崎与五郎	刃利教信士	ら
三村次郎左卫门	刃珊瑚信士	む
横川勘平	刃常水信士	う

茅野和助	刃响机信士	ゐ
间濑孙九郎	刃太及信士	の
村松三太夫	刃清元信士	お
矢头右卫门七	刃掷振信士	く
奥田定右卫门	刃湫跳信士	や
间十次郎	刃泽藏信士	ま
寺坂吉右卫门	遂道退身信士	け

寺坂吉右卫门是第四十七位义士。起义后,据说他单独行动[37]。尽管名字放在一起,戒名却缺少"刃"字。和歌中若有"け",应当会以"道"表示吧,但似乎也并未出现。

那块墓碑前,身穿工作裤的叔叔弯着腰,将落叶扫进汽油罐裁成的畚箕。我冒昧打听:"请问,这边从战前就没变过吗?"

大叔停下手,抬起佛像般的面孔,慢吞吞地告诉我:"对,据说以往就是这样。"

我道声谢,重返文字列。

大石濑左卫门	刃宽德信士	ふ
矢田五郎右卫门	刃法参信士	こ
奥田孙太夫	刃察周信士	え

---

[37] 传闻他在吉良家门前临阵脱逃,也有人说他在进攻后至广岛的浅野家报信。

赤埴源藏	刃广忠信士	て
早水藤左卫门	刃破了信士	あ
潮田又之丞	刃胭空信士	さ

我找到了眼熟的罕见字。暗号开头的"破胭"出现在这里，证明我的思考方向没错。

推敲起来，谜题的和歌便始于"あさ"。

至此，我已绕外围一圈，只剩中央岛台上并排的两列。这种情况下，自然会将一路走出来的路线与最近的地方相连吧。

我试着续写已填上"あ、さ"的"伊吕波歌"，于是又解读起碑文：

冈嶋八十右卫门	刃袖拂信士	き

"刃"底下的"袖"字接在"破胭"后，而这三个字按"伊吕波歌"的顺序，应为"あさき"。

意思是"浅き"吗？我忽然感到答案似乎已呼之欲出。

吉田泽右卫门	刃当挂信士	ゆ
武林唯七	刃性春信士	め
仓桥传助	刃煅炼信士	み
间新六	刃摸唯信士	し

接着,我绕到背后。

小野寺幸右卫门	刃风飒信士	ゑ
前原伊助	刃补天信士	ひ
胜田新左卫门	刃量霞信士	も
杉野十平次	刃可仁信士	せ
村松喜兵卫	刃有梅信士	す

这下,四十七个字的笔记都做完了。

17

后续的工作就简单了,只需将暗号的汉字对照笔记换成平假名。

破……あ
胞……さ
袖……き
毛……り
太……の

誉……ほ
太……の

勘……に
破……あ
补……ひ
煅……み
摸……し

补……ひ
泉……と
当……ゆ
风……ゑ
勘……に

我心跳异常剧烈。这些文字，分明构成了一首情诗。

空……い
太……の
周……ち
摸……し
随……ぬ
以……へ
掷……く
法……こ
补……ひ

云……わ
观……た
勇……る
露……か
无……な

朝雾幽微偶见伊人　　故为伊思慕几欲死哉

圆紫先生告诉我：你必须自己调查。一点也没错。正因是独自一人，我才能细细咀嚼这份情怀。

这片墓地，埋葬了小铃的芳心。

初冬的天空下，体内流着祖父血液的我循线找到了答案，仿佛轻松跨越了时空。

石板路上，似乎站着大学生和女中生。那个年代，年轻男女光是站在一起就足以引起骚动。双方同行时往往要避人耳目，一旦被撞见，也会因保持兄妹般的适当距离而免除怀疑。

男孩从未真正注视过女孩的瞳眸。不久，春天来临，毕业成为终生的别离。

说不定，两人原本可以聊更多话题，一同聆听、观赏更多事物。

圆紫大师与我谈及《忠臣藏》带出了这个暗号，这是怎样的机缘巧合？然而，的确，一切就这样顺理成章地发生了。

18

回程，我绕到神田的书店查阅《万叶集》，这首和歌的编号是五九九。

到家后，我在书架上寻觅祖父应该会有的《万叶集》。他学生时代看的版本，也许是岩波文库。找半天没找到，倒是发现一套旧的《折口信夫全集》。书背早已泛黄，是祖父的藏书之一。翻开第四卷《口译万叶集（上）》，正如圆紫先生所言，原本的和歌与小铃出的谜题，用字上有微妙差异。摊开的书页中央，和歌恰巧位于右页末尾及左页开头，宛如被撕裂的两行。

而我，目不转睛地凝视着那两行文字：

朦昧偶见伊人故
为伊思慕几欲死兮

"朦昧"应该是现在的"朦胧"，而"幽微"对应的就是"隐约"吧。总之，不管哪个词，意思都一样。最后的"兮"是古体，改用"哉"就会变成平安时代宫廷文学的调子。

这套全集是昭和二十九年十一月出版的，距离祖父在高轮的学生生活，已过去将近四分之一个世纪。那时要是没解开谜团，读到这里时大概也不会有什么感慨。

折口信夫的口语体翻译为：

  虽然仅有些许邂逅之缘，却为了那人终日焦虑，几乎送命。

和歌中的"故"似乎并不是要说明原因，相当于转折连词"虽然"，古文实在不好懂。不过情况的确如此，如果是令自己心动的人，正"因为"是惊鸿一瞥，有时反而会更加思念，更难忘怀。

我把书放回原位，走到廊檐下。初冬的院子里，不知从哪儿飘来了银杏落叶，那抹油菜花黄在这个季节出乎意料地鲜丽。

幸好回来后我连衣服都没换便直接去书架找书，这身打扮还能出门。夕阳即将西沉，但我穿着奶油白的高领毛衣，脖子也很暖和。我站在玄关处，重新系紧白色立领外套的腰带。

母亲察觉到动静，在厨房扬声问道："你又要上哪儿去？"

"没事，我到附近走走。"

"天快黑了，小心点。"母亲仿佛叮嘱小孩般提醒我。我单手捡起银杏叶片，前往流经附近的古利根河河畔。

家家户户屋顶上高耸的天线，横线像是以薄墨画出，唯有纵线残留些许白昼的明亮。大概是夕照的角度不同吧。

穿过冬青树篱旁，小巷前方豁然开阔。

那是我从小见惯的风景。河面很宽，水量随冬天的来临逐渐减少，却依旧悠悠流淌。看似浓稠的平滑水面，唯有浅处微微掀起波澜。

薄暮温柔地笼罩着眼前的光景，我手中的银杏叶片犹如一盏小小灯火。岸边芦苇高高丛生的地带，暮色更显深重。

渡河而来的风晃动我的头发。

前方不远处有座大桥。桥上不分日夜地来往着载人的车辆，在夕阳的映衬中即将化为剪影。

太阳逐渐陷入沉睡，云絮仿佛被褥，试图将太阳包覆。云缝中溢出丝丝短短的金线，带着图画中才有的鲜明，笔直照射在地上。

当明日的黎明将近，朝雾仍会覆上这片河面与岸边吗？

我试着在舌尖吟咏小铃的和歌。

　　朝雾幽微偶见伊人　　故为伊思慕几欲死哉

我想，明天要是见到了饭山先生，我大概会忍不住打听那个曾与我并肩聆听《安魂曲》的人吧。

第四代橘家圆乔的《淀五郎》出自《口演速记明治大正落语集成·第六卷》（讲谈社）。尾上多见藏的谈艺录，出自富田铁之助所撰的《假名手本忠臣藏·细见》（《歌舞伎》第二号·昭和四十三年·松竹株式会社演剧部）。此外，"ゆらのすけ"的写法，在本书及《名作歌舞伎全集》（东京创元社）写成"由良之助"，在《歌舞伎事典》（平凡社）等书中则是写成"由良助"。本稿遵从前者。

导读
日常之谜：正视身边的人和生活细节

1987年，是日本新本格推理的"元年"。那一年，绫辻行人带着《十角馆事件》横空出世，打破了自松本清张以来推理文坛被社会派统治的局面，将轻松、娱乐、想象力重新带回推理小说中。

接下去的短短三年，涌现出了一大批富有才华的年轻作家，如法月纶太郎、我孙子武丸、麻耶雄嵩、歌野晶午、折原一、二阶堂黎人、有栖川有栖等。接下来的十几二十年里，他们的新本格推理作品一直是推理市场上的中流砥柱。有趣的是，在这几年里还有一位刚刚出道的新人，他一开始在新本格赛道竞争，多次尝试后开始主攻社会派，最终凭借超强的写作技巧和精彩的写作主题成名，他的名字叫东野圭吾。

可见，日本的现代推理自1987年以来始终是用社会派和新本格两只脚在前行。社会派低头，目光凝视脚下的土壤，观察残酷社会中的真实人性。新本格仰头，用想象眺望浩瀚星空，构筑奇思妙想下的理性世界。

1989年，日本推理界的传承正在延续，新一代的推理作家势头正盛，泡沫经济也来到了历史最高点，一切欣欣向荣。就在这一年，有一位不愿意透露真实身份的作家发表了一本推理短篇集《空中飞马》。

这是一本看起来平平无奇的推理作品，它并没有通过经济、阶层、官僚等因素来反映很深刻的主题，也没有夸张的、天马行空的诡计，甚至没有出现恶性刑事案件。恰恰相反，这是一本恬淡的"日常之谜"。

——没有仰视，也非俯视，而是正视出现在身边的人和发生于日常生活里的谜题。

一年后，日本泡沫经济破碎，千万普通人的生活一夕之间发生翻天覆地的变化，但生活还要继续。除了控诉无情的社会机器，或埋首让自己感到舒适的乌托邦，那种缓慢的真实生活、平淡的一日三餐、最小单位的人和事，虽许久未见，却同样重要。1990年，《空中飞马》的同系列续作《夜蝉》获得日本推理作家协会奖，标志着主流推理文坛对"日常之谜"这一类型的认可，受到《空中飞马》感召而进行创作的推理作家和作品也开始变多。

如今，日常之谜依然属于小众，但它诞生之初便从大开大合的"虚构推理"中脱颖而出，几代日常之谜作品中呈现的不同时代下普通人的"真实感"，能让读者有极强的代入感。看这些书，仿佛我不是台下的观众，在看一场舞台上聚光灯下年代久远的经典推理秀，而是故事就在刚刚发生，就在我隔壁的座位。

我在十几年前就读过北村薰的"圆紫大师与我"系列，当时的我极度沉迷《××馆杀人事件》这种类型的小说，当我读完《空中飞马》后，第一感觉是"淡"，第二感觉是"怪"。

淡，是因为书中没有发生任何"值得一提"的大事。作为一本收录多个短篇的推理小说，谜团居然都围绕着"为什么她要在红茶里面加那么多糖""做梦梦到一个没见过的历史人物""车上的椅套怎么不见了"这种生活中随处可见的小事。而且，主人公也并非什么了不起的私家侦探或屡破奇案的孤僻天才，而是一个名为"春樱亭圆紫"的落语大师，相当于我们中国的相声演员。虽说他小有名气，专业技能过硬，但怎么看都像一个邻家大叔。最关键的是作品的主视角"我"，自然也不是名侦探的助手，而是一个再平凡不过的十九岁大一新生。

怪，是因为违背了对写作结构的预期。我原以为既然是推理小说，那么"日常之谜"重点也应该在"谜"上，但其中有一篇小说，"谜"几乎在最后十分之一处才出现，紧接着落语大师出场，瞬间破解。和其他开篇即有悬念有案件的小说相比，"日常之谜"的重点却是在日常上。

这时我才恍然大悟，"日常之谜"不是"谜之日常"，日常本身是平凡的，只是日常中包含有一定的谜团。它们可能只占日常的十分之一，但也需要你的耐心、细心和关心才能发现，进而破解。

当然，以上都是主题和创作层面的总结，如果要细看，我发现书中即便是微小的谜团，也有令人意外的展开和充满巧思的诡计。而日常部分，女主角和同学、长辈的沟通，她的所思所想，竟如此真实且犀利。

所以看完《空中飞马》，我便很好奇该系列的后续作品，因此第一时间找来阅读。

北村薫的第二作《夜蝉》从收录5个短篇，变成了3个短篇。而增加的篇幅并没有用于在谜题部分大做文章，而是更加肆意地描写日常的复杂情绪。如果说第一本的主角只是一位单纯稚气的大一学生，这本中升入大二的女主角则和世界有了更深的连接，思考的问题也更加深沉、细腻。

1991年发表的《秋花》，是这个系列第一本长篇小说。我们一路跟着主角，从大一时的天真童趣、朝气蓬勃，大二时的平静舒缓、略带哀愁，到大三时终于开始直面一个人的死亡，我们不得不长大，接受一些不堪和无奈的事情，即便我们对此早有预料。本作中，"侦探"并没有前置，北村薰依然用日常的笔触，聚焦于平凡个体在历经成长时的失去和寻问。此外，在文本层面，短篇到长篇的变化映射了"成长"这一关键词，如今回头看真的要为作者击节叫好。

系列的第四本《六之宫公主》是其中最特殊的一本，大四的女主角为了写毕业论文，展开了关于芥川龙之介《六之宫公主》的调查。这是真实的历史，但不算未解之谜，硬要说的话，算是"历史日常之谜"吧。在我看来，这也许是"日常之谜"的本质，随着角色的成长，关注的问题随之变化。在伦敦公寓破解皇室钻石被窃的是神探，而在大四的课间思考论文怎么写，是"我"的日常。

"我"的日常？一直读到这本，我才惊觉，我居然还不知道女主角叫什么名字，她一直隐藏于"我"这个人称之后，我们却真实而诚恳地和她一起走过了大学时光。原来，日常之谜写的不是"ta"的故事，而是"我"啊。

系列的前四本，北村薰以一年一本的速度出版。作品中，女主角也是一年一年地成长。但之后的《朝雾》一直到1998年才正式出版，书中的女主角也已经成为一名编辑。时隔多年，再次相遇，就像毕业几年后的同学聚会，有很多东西变了，比如"我"和落语大师不像以前那样频繁联系，比如"我"没有大把时间去读书，比如自我成长型的烦恼变成了工作中的困扰。但有更多的东西没有变，比如《朝雾》回到了《空中飞马》的短篇形式，比如"我"的日常平淡得和大一时一样，比如"我"依然保持对真实生活细节的好奇，依然能发现随处可见的"日常之谜"。

新的成长开始了，生活是步履不停的。从《朝雾》回望《空中飞马》的那一刻给我带来了极强的能量与宽慰。

很少有推理小说能像个好友一样，给予我"陪伴感"，所以当我得知北村薰的这个系列完结的时候十分不舍。

多年来，我也一直在合适的场合推荐朋友这套书，但遗憾的是一直没有简体中文译本出版。

十月底，"轻读文库"的老师联系我，说这套书他们准备引进出版，并且这一次，还有此前未有过中文译本的第六作《太宰治的词典》，这让我喜出望外。

但一上头答应写这个系列的"导读"后，我又有几分忐忑，一方面我真的很想推荐给所有人（不仅限推理迷），另一方面，我又觉得这个系列其实更像一个朋友，一个名为"我"的朋友。

把它带来的是"轻读文库"，真正和它接触交流的是诸位读者自己。与其介绍这位朋友的出生、成就和名气，不如谈谈我自己接触下来的感受。

祝大家享受阅读，享受每一刻日常。

陆烨华

产品经理：杨子兮
视觉统筹：马仕睿 @typo_d
印制统筹：赵路江
美术编辑：程　阁
版权统筹：李晓苏
营销统筹：好同学

豆瓣 / 微博 / 小红书 / 公众号
搜索「轻读文库」

mail@qingduwenku.com